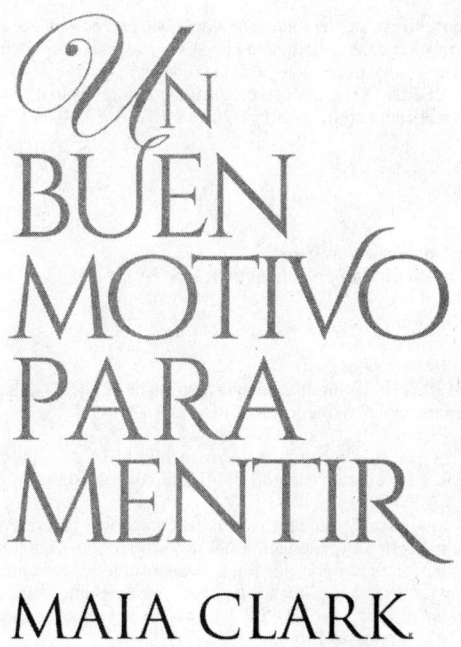

UN BUEN MOTIVO PARA MENTIR

MAIA CLARK

Editado por Harlequin Ibérica.
Una división de HarperCollins Ibérica, S. A.
Avenida de Burgos, 8B - Planta 18
28036 Madrid

© 2023 Beatriz O'Shea
© 2023, 2024 Harlequin Ibérica, una división de HarperCollins Ibérica, S. A.
Un buen motivo para mentir, n.º 289 - 21.2.24

I.S.B.N.: 978-84-1180-709-8
Depósito legal: M-34635-2023
Impreso en España por: BLACK PRINT
Fecha impresión Argentina: 30.7.24
Distribuidor exclusivo para España: LOGISTA
Distribuidor para México: Distibuidora Intermex, S.A. de C.V.
Distribuidores para Argentina: Interior, DGP, S.A. Alvarado 2118.
Cap. Fed./Buenos Aires y Gran Buenos Aires, VACCARO HNOS.

MIXTO
Papel procedente de
fuentes responsables
FSC® C159065
FSC
www.fsc.org

Capítulo 1

Desde que lady Elisabeth Alwood y la señora Smith abandonaron Londres no había dejado de llover. Era una lluvia fuerte y uniforme que hacía que pareciera que el cielo y la tierra estaban hechos de la misma húmeda materia, y que, además, así sería por siempre jamás. Los cascos de los caballos resbalaban a cada rato mientras trataban de avanzar por el embarrado camino que atravesaban y el ruido del agua golpeando el techo del carruaje amenazaba con terminar de despertar la locura de sus ocupantes.

Durante horas, Elisabeth tuvo que escuchar además las plegarias de la señora Smith, quien estaba convencida de que aquella lluvia no podía ser otra cosa más que un mal augurio y una señal de que la joven se había equivocado al abandonar su hogar con tanta precipitación. Elisabeth, por su parte, se sentía tan sombría como el clima, y agradecía no tener que ver brillar la luz del sol. Mientras miraba por una pequeña rendija que había abierto en la cortinilla del carruaje, deseaba con fuerza que aquella lluvia la hiciera desaparecer a ella igual que parecía haber hecho con el paisaje.

Se dirigían a Portsmouth, donde Elisabeth tenía la esperanza de encontrar algún barco que la alejara lo más posible de su hermano. No le importaba a dónde ir: Francia, España, Italia... Tampoco sabía todavía cómo iba a ganarse la vida una vez que llegara a su destino, como tantas veces le había recordado la señora Smith. Pero eso no le preocupaba en exceso. Podía ejercer de institutriz, o de señorita de compañía de alguna dama mayor. Cualquier cosa sería mejor que el futuro que le hubiera deparado de haber permanecido en Inglaterra.

De pronto, el landó se detuvo, sacando a Elisabeth de sus pensamientos y despertando a la señora Smith, que había empezado por fin a cabecear a su lado. Tras unos instantes, el cochero abrió la portezuela del carruaje, prestando mucho cuidado para que el agua no se colara en el interior.

—¡Milady! —El muchacho tuvo que gritar para hacerse oír—. Si no os parece mal, deberíamos detenernos a pasar la noche. El camino por esta zona está demasiado encharcado; no es seguro para los caballos, ni para nadie, seguir adelante.

Elisabeth echó un vistazo a la señora Smith, quien le devolvió una mirada aterrorizada. Tarde o temprano tendrían que detenerse a descansar, y aquel momento parecía tan bueno, o tan malo, como cualquier otro.

—Está bien —respondió, y el cochero respiró aliviado.

Aquellos nobles solían anteponer sus necesidades a todo lo demás y se alegraba de que en aquella ocasión no fuera a ser así.

—Estamos frente a una posada. Preguntaré si tienen habitaciones. ¡Volveré enseguida, milady!

El muchacho cerró la puerta y Elisabeth y la señora Smith se arrebujaron bajo sus mantas. En el poco tiempo que el chico había mantenido la puerta abierta, el interior del coche se había quedado helado; o tal vez fuera el miedo que tenían las dos mujeres a lo que se avecinaba lo que les hacía tiritar de ese modo.

El chico volvió al cabo de un rato y las ayudó a alcanzar una pequeña cabaña que hacía las veces de posada. Su interior, de piedra y madera, le daba un aspecto inesperadamente cálido.

Una mujer regordeta salió de detrás de la barra para encontrarse con ellas.

—Están ustedes empapadas. Cualquiera diría que han llegado aquí a pie.

La mujer fue a quitarle la capa a Elisabeth, pero esta se lo impidió dando un paso hacia atrás. Debajo del abrigo llevaba uno de sus elegantes vestidos y, si aquella mujer lo veía, querría cobrarle por su estancia más de lo debido. Y no podían permitirse gastar mucho dinero, ignorando como ignoraban aún cuánto les costaría el pasaje que las alejaría de Inglaterra.

—¿Sería tan amable de acompañarnos a nuestra habitación? —le preguntó Elisabeth a la mujer en cambio, con la voz algo temblorosa por la precipitación y el frío.

—¡Ja! —rio esta, ofendida por el gesto que Elisabeth había tenido con ella instantes antes—. Me temo que Su Alteza tendrá que acompañarse solita. Su habitación es la tercera, al final del pasillo —indicó, acompañando sus palabras con un gesto.

Elisabeth necesitó unos segundos para contener su orgullo. Después, se volvió para indicarle a la señora Smith que la siguiera.

La habitación que les habían asignado era increíblemente pequeña. Apenas cabían en ella una cama, un taburete y un pequeño fuego. Aquello, unido a la baja altura del techo, provocaba una profunda sensación de ahogo.

—Por lo menos aquí estaremos calientes —se consoló Elisabeth.

—Y nos servirá de entrenamiento para la travesía en barco —añadió la señora Smith, a la que la idea de abandonar tierra firme no le atraía ni un ápice.

Elisabeth sonrió con tristeza.

—Deje que le quite la capa, milady, no vaya a ser que encima se nos ponga mala.

Elisabeth dejó que la sirvienta cumpliera su propósito.

—Este vestido le sienta muy bien —dijo la vieja señora Smith, con los ojos brillando de maternal admiración al contemplarla.

Elisabeth sonrió condescendiente, a sabiendas de que no destacaba especialmente por su físico. Tenía el rostro bañado de unas inoportunas pecas y su cabello era de un castaño indefinido, al igual que sus ojos. Nada que ver con las muchachas rubias de ojos claros con las que había tenido que competir durante su primera temporada.

Pero, para la señora Smith, Elisabeth siempre había sido la muchacha más bonita de Inglaterra. La había cuidado desde su nacimiento y, probablemente, era la persona que más la quería en el mundo. Por eso, aunque aquella aventura no le parecía bien, la había seguido sin pensarlo, y la seguiría allá donde decidiera ir. Y Elisabeth sabía que no estaba bien que ella se aprovechara de eso.

—Debería quedarse aquí, señora Smith —insistió una vez más.

La mujer la miró ofendida.

—¡Ni hablar! ¿Cómo se le ocurre? Su madre y su hermano me matarían.

Elisabeth suspiró.

—Mi madre y mi hermano nos van a matar de todos modos a las dos en cuanto tengan la ocasión; me temo que eso ya no tiene remedio.

La mujer chistó y negó con la cabeza, como si lo que acababa de decir Elisabeth fuera una tontería.

—Su madre y su hermano la quieren demasiado como para hacer algo así.

—Claro. Y por eso quieren casarme con un anciano...

—No quieren casarla con nadie. Su hermano se limitó a decirle que el conde de Weiss se había interesado por usted y había hecho una propuesta matrimonial, pero no dijo nada de que tuviera que aceptarla.

—Era cuestión de tiempo —se defendió Elisabeth, quien había temido no ser capaz de atraer a un partido mejor durante la temporada y verse finalmente obligada a aceptar al viejo conde—. Me hubiera obligado cualquier día de estos. O hubiera tratado de convencerme, lo que es aún peor.

—Eso no lo sabemos, ni lo sabremos nunca, porque usted no le dio a su hermano la oportunidad de explicarse.

Elisabeth tragó saliva, rezando por que la sirvienta no tuviera razón. Porque eso convertiría su huida en una estupidez.

—Bueno, en cualquier caso, lo hecho, hecho está. Ya no podemos dar marcha atrás.

—Sí podríamos, si...

—Agnes, no siga. Este es mi destino y así lo tengo que aceptar.

La señora Smith reconoció la habitual determinación de Elisabeth y supo que no tenía nada más que hacer.

—En ese caso, lo mejor será que bajemos a comer algo —resolvió, tan práctica como siempre.

Elisabeth, que se había sentado sobre el pequeño taburete que había en la habitación, se puso en pie, y la seda verde de su falda se meció alrededor de sus piernas.

—No puedo bajar así vestida —observó—. Tendrá que conseguirme otra ropa.

La señora Smith dirigió la mano hacia la bolsita en la que guardaban el dinero.

—No, espere —la detuvo Elisabeth—. Venda este vestido. Es demasiado elegante y en el baúl llevo otros que me servirán mejor en el viaje.

Se dio la vuelta para que la señora Smith pudiera desabotonarla.

—Espero que nos den por él lo suficiente para pagar mi nueva ropa y nuestra estancia aquí. Así podremos reservar todo nuestro dinero para el viaje.

Cuando bajaron a cenar, Elisabeth apenas se reconocía a sí misma dentro del vestido de tosca lana que la señora Smith había conseguido para ella. De hecho, en aquel momento la propia Agnes iba mejor vestida que ella, toda una incongruencia que a la buena mujer le había costado un buen rato aceptar.

Se acomodaron en una de las pequeñas mesas de madera que había en el comedor y pidieron unos cuencos de sopa que Elisabeth tuvo que obligarse a tomar. No tenía hambre y se sentía extenuada por el viaje y por la excitación de aquel día, pero sabía que tenía que mantenerse fuerte para poder seguir adelante con su plan.

Mientras ambas vaciaban sus platos en silencio, Elisabeth no pudo evitar escuchar la conversación que la posadera mantenía con una joven que guardaba un gran parecido con ella.

—Es la cuarta muchacha que deja el castillo de Greyswood. Las jóvenes ya no tenéis el aguante que teníamos las mujeres de mi época.

—Es que esa mujer es demasiado dura —protestó su interlocutora, mientras la ayudaba a recoger unos vasos.

—Tienes razón. Pero también por eso pagan tan bien el trabajo allí.

En ese momento, la señora Smith se puso de pie,

dispuesta a iniciar el recorrido de vuelta hasta su habitación, pero Elisabeth la detuvo con un rápido gesto.

—Esta mañana vino Johnny a preguntarme si conocía a alguien que pudiera estar interesado en sustituir a la muchacha. Al parecer, hay dos doncellas enfermas y los demás no dan abasto —dijo la posadera, antes de desaparecer por una puerta, seguida de su joven ayudanta.

Más tarde esa noche, mientras escuchaba los ronquidos de la señora Smith, con quien no había dudado en compartir la única cama que había en la habitación, Elisabeth recordó la conversación de la posadera con su hija. Se encontraban a principios de febrero, el Parlamento había inaugurado sus sesiones y la temporada londinense acababa de arrancar. Con casi total seguridad, el duque de Greyswood se habría trasladado ya con toda su familia a la capital. Por otro lado, el tiempo aquellos días era horrible y Elisabeth dudaba de que ningún barco fuera a zarpar hasta que hubieran transcurrido varias jornadas. Tal vez la señora Smith y ella pudieran quedarse unos días en el castillo y engrosar su pequeño saco de dinero antes de continuar su viaje hacia Portsmouth. Si la cantidad de la que disponían no era suficiente para comprar los dos pasajes, el trabajo en Greyswood sería sin duda más digno que lo que pudieran encontrar en el puerto.

Al día siguiente, Elisabeth se levantó temprano y, para su enorme satisfacción, pudo vestirse sola y dejar la habitación de la posada sin necesidad de despertar a la agotada señora Smith. Algo bueno tenía que tener aquel ropaje tan sencillo que llevaba...

Antes de desayunar, se dirigió a las cuadras y llamó a su cochero.

—¿Está todo bien, milady? —le preguntó el muchacho, mientras repasaba el atuendo de Elisabeth con asombro.

—Buenos días, Billy. Todo está en perfecto orden. Hasta parece que ha dejado de llover —respondió Elisabeth con optimismo, aunque las nubes que se arremolinaban por encima de sus cabezas anunciaban que la tregua sería corta.

—Entonces, ¿es su deseo que partamos ya? —adivinó el chico, lamentando no haberse despegado antes de su cama de paja para echarse algo al estómago antes de proseguir el viaje.

—No, no se preocupe. La señora Smith y yo continuaremos solas a partir de aquí. —El muchacho la miró dudando si le estaba tomando el pelo—. Buscaremos un transporte más sencillo y menos... reconocible.

El carruaje del hermano de Elisabeth tenía el emblema del marquesado de Somerset grabado en sus laterales, y no podían presentarse con él a pedir trabajo en el castillo.

—Pero, milady... —comenzó a protestar el cochero—. ¿Y qué se supone que debo hacer yo?

—Descanse un poco aquí y en dos o tres días emprenda el regreso a Londres. Una vez allí, le dirá a mi hermano que nosotras seguimos viaje hasta Portsmouth.

El chico asintió.

—Está bien, milady. Haré como usted ordena.

Elisabeth sonrió satisfecha y sus expresivos ojos castaños acompañaron el gesto.

Le costó un poco más convencer a la señora Smith del cambio de planes, pero la posibilidad de postergar el embarque unos días logró persuadirla.

A media mañana, con la lluvia de nuevo anegándolo todo, Elisabeth contrató una carreta y las dos mujeres partieron de inmediato en ella. Una hora más tarde, aparecía ante sus ojos el grandioso castillo de Greyswood.

A diferencia de Loseley Park, la residencia del marqués de Somerset en el poblado de Artington, una acogedora mansión de estilo tudor rodeada de jardines llenos de flores donde prácticamente se había criado Elisabeth, el gótico castillo de Greyswood resultaba intimidante. Con sus altos muros de piedra y sus cinco amenazadoras torres, sin duda había logrado el objetivo de arredrar a cualquier posible enemigo en el pasado. Elisabeth se imaginó lo que escondería la historia de aquellos muros, y sintió cómo un escalofrío le recorría la espalda. A su lado, la señora Smith emitió un sollozo.

—Serán solo unos días —dijo Elisabeth, sin saber si con ello pretendía consolar a su dama de compañía o a sí misma.

La carreta se detuvo frente a la puerta de servicio y las mujeres, empapadas por la lluvia a pesar del abrigo de sus capas, descendieron de la misma.

La señora Smith, conocedora de los protocolos de las zonas de servicio, se adelantó a Elisabeth y abrió la puerta sin llamar.

Capítulo 2

La cocina del castillo de Greyswood tenía dos veces el tamaño de la de Loseley Park. Sin embargo, al contrario de lo que siempre sucedía en la mansión de Artington, en la cocina de Greyswood parecía haber muy poca actividad. Las cazuelas y sartenes de cobre pendían impolutas de las paredes, la mitad de los fuegos estaban apagados y la cocinera parecía estar trabajando solamente con uno de los tres grandes hornos que a primera vista Elisabeth pudo contar. Tal y como ella había sospechado la noche anterior, toda la familia debía de encontrarse en Londres disfrutando de la que tenía que haber sido su segunda temporada.

La señora Smith miró a Elisabeth esperando sus instrucciones y la encontró empapada y aterida de frío. La ayudó a deshacerse de su capa y la empujó con suavidad hacia uno de los fogones para que entrara en calor. Cuando estuvo segura de que la joven estaría bien, se acercó a la cocinera.

—Nos gustaría hablar con quien esté al mando —le dijo.

La mujer cerró el horno, supervisó el contenido de un par de ollas humeantes y se limpió las manos antes de preguntar:

—¿Para qué?

—Buscamos trabajo. En la Posada del Ciervo nos dijeron que aquí lo encontraríamos.

—¿Saben cocinar?

La señora Smith miró a Elisabeth, quien negó con un gesto. Si las ubicaban en la cocina, su inexperiencia haría que no tardaran en hacerles abandonar el castillo.

—No, señora.

La mujer soltó un bufido.

—¡Grace!

A su llamada acudió una muchacha que no parecía mucho mayor que Amy, la hermana menor de Elisabeth.

—Grace, acompaña a estas mujeres a ver a la señora Carlton. Y regresa aquí lo más rápido que te dejen tus piernas; todavía tienes mucho por hacer.

—Sí, señora Arnold —respondió la muchacha antes de dirigirles a Elisabeth y a la señora Smith una tímida sonrisa.

Comenzaron a seguir a Grace a través de los húmedos y fríos pasillos del castillo, y Elisabeth agradeció el gesto que la señora Smith había tenido con ella en la cocina. Si sus ropas y su cabello no se hubieran secado en parte, no sabía si habría sido capaz de llegar hasta la señora Carlton sin congelarse por el camino.

—¿Quién es la señora Carlton? —le preguntó entonces a la joven Grace.

—Es el ama de llaves —respondió la muchacha, regalándoles otra breve sonrisa.

Elisabeth se preguntó si el ama de llaves sería la mujer de cuyo terrible carácter había oído hablar en la posada.

Continuaron andando hasta abandonar la zona de servicio y dieron a parar al monumental recibidor que había tras la puerta principal del castillo. Este estaba construido con la misma ruda piedra del exterior, prescindiendo de todo revestimiento o adorno, como si los primeros moradores del castillo hubieran querido advertir a los visitantes de que, aunque hubieran llegado hasta ese punto, la fortaleza seguía siendo inexpugnable. Alguien había tratado de suavizar dicho efecto más tarde cubriendo las escaleras que partían hacia el piso superior con tupidas alfombras y repartiendo por doquier espejos y candelabros que trataban, sin mucho éxito, de dar más luz a aquel lúgubre lugar.

Tras atravesar el recibidor, Grace enfiló un nuevo pasillo, notablemente más amplio que el de la zona de servicio. Allí sí había cuadros, aparadores y telas que alegraban las diferentes estancias. Elisabeth pensó que debía de tratarse de la zona privada de la familia.

Por fin, Grace se detuvo frente a una de aquellas habitaciones, un amplio despacho con las paredes totalmente cubiertas de libros salvo por una ventana desde la que, de no haber sido por la manta de agua que de nuevo caía del cielo, se habría podido ver el jardín.

En el centro de la estancia, una mujer alta y delgada daba órdenes a varios sirvientes que estaban extrayendo los libros uno por uno para limpiarlos.

—Las habitaciones tienen que estar siempre listas para ser utilizadas, aunque nuestros señores no estén. Esta casa es el espíritu de la familia; descuidarla supondría traicionar la confianza que los duques han puesto en nosotros —recitaba la mujer, cuyo rígido peinado la hacía parecer todavía más alta.

Elisabeth hizo el amago de adelantarse para hablar con ella, pero la señora Smith la detuvo.

—Déjeme a mí —le indicó, antes de carraspear para llamar la atención de la señora Carlton—. Señora Carlton, hemos venido a solicitar trabajo.

—¿Qué saben hacer? —preguntó el ama de llaves, sin dignarse a detener en ellas su mirada.

—Yo he trabajado como doncella y primera doncella, señora.

La mujer asintió y miró a Elisabeth de reojo.

—¿Y la joven?

—Como doncella, señora —se adelantó Elisabeth, confiando en que no le asignaran tareas demasiado complicadas.

El ama de llaves la miró con un gesto de escepticismo.

—Está bien —le dijo a la señora Smith—. Las probaremos durante tres días. A usted como doncella y a la chiquilla de moza.

La señora Smith fue a protestar; era impensable que la señorita Elisabeth hiciera las tareas más sucias de la casa. Sin embargo, esta le advirtió con un gesto que se detuviera. No estaban en posición de elegir.

—¿Sus nombres?

—Yo soy la señora Smith; Agnes Smith —dijo esta y, antes de que pudiera continuar, Elisabeth se le adelantó de nuevo, dirigiéndole una significativa mirada:

—Y yo soy Mary, señora. Mary Smith.

La señora Carlton volvió a mirarla con incredulidad, haciendo que Elisabeth se planteara si aquella mujer tendría la capacidad de leer los pensamientos de los demás.

—Te levantarás con Grace —le dijo con cierta inquina—. La ayudarás a servirnos el té al mayordomo, el señor Wilson; a la cocinera, la señora Arnold; y a mí. Después, repondréis el carbón y procederéis a encender las chimeneas, abrir las cortinas y preparar el comedor de los señores. Y todo antes de acudir al pase de revista que el señor Wilson hace a las siete en punto. Más tarde, participarás en la limpieza de la casa y, cuando esta esté lista, ayudarás a la señora Arnold en la cocina: ordenando la despensa, pelando patatas o lo que sea menester. Por la tarde limpiarás nuestras habitaciones y ayudarás a fregar los utensilios de la cena. ¿Entendido?

Elisabeth empalideció. ¿Era posible que una sola persona hiciera todo lo que había mencionado la señora Carlton?

El rostro de la señora Smith reflejaba la misma preocupación que el de Elisabeth. Grace, sin embargo, le dirigió una mirada divertida.

—Eso será a partir de mañana —siguió la señora Carlton—. Hoy ya está casi todo hecho, así que puedes ir directamente a echar una mano en la cocina. Señora Smith, usted quédese conmigo. Le mostraré la casa.

Cuando Elisabeth se alejó de la señora Smith, sintió todo el peso de lo que había hecho caer sobre ella. Huir de su casa había sido una estupidez. Si hablaba con Sebastian, probablemente este se apiadaría de ella. Su hermano era un hombre bueno y las quería, a Elisabeth y a sus hermanas menores, más que a su propia vida. Además, aquella habría sido solamente su segunda temporada; seguramente Sebastian le permitiría esperar uno o dos años más a ver si conseguía atraer a algún pretendiente más adecuado para ella que el conde de Weiss. O, por lo menos, más joven. Aún estaba a tiempo de volver.

—No te preocupes, Mary. Esto no es tan duro como ella quiere hacerlo parecer —oyó que decía Grace.

—¿No lo es? —dudó, con un involuntario temblor en la voz.

Grace rio.

—No, mujer. Lo hace siempre con los nuevos empleados.

—¿Con el fin de asustarlos? —preguntó Elisabeth, poniéndose a la altura de Grace, que rio de nuevo con su comentario.

A Elisabeth empezaba a gustarle esa muchacha.

—Eso creo yo también, aunque a ella le gusta decir que lo hace para ahuyentar a los vagos.

Las jóvenes intercambiaron otra sonrisa.

—Ya verás que entre nosotros nos llevamos muy bien, y los duques son muy correctos. El único hueso duro de roer en esta casa es la señora Carlton; pero siendo moza apenas mirará hacia ti.

Aquello le dio a Elisabeth un poco de ánimo y decidió que ya pensaría qué hacer cuando volviera a reunirse con la señora Smith esa noche. Por lo pronto, se concentró en ayudar en la cocina, limpiar las habitaciones de los demás miembros del servicio (labor que le pareció de lo más indiscreta) y fregar los pocos cacharros que se utilizaron durante la cena. Al no estar los señores, las tareas en el castillo se reducían a la mitad, y los miembros del servicio, a los que la señora Smith y ella pudieron conocer durante la cena, estaban más animados y relajados.

Cuando el señor Wilson y la señora Carlton se retiraron a sus habitaciones, todos los demás se fueron marchando tras ellos. Las últimas en hacerlo fueron Grace y Elisabeth, que debían dejar todo listo para el día siguiente. La señora Smith se ofreció a ayudarlas, pero Elisabeth le pidió que se retirara ella también a la habitación que compartirían. Sentía un gran remordimiento por ella. Su dama de compañía era ya una mujer mayor y hacía tiempo que no tenía que soportar el ritmo de trabajo que iban a tener que llevar durante los siguientes días. Intentaría convencerla de nuevo para que volviera a casa, aunque no tenía claro si sería capaz de seguir adelante sin ella.

Eran casi las ocho de la tarde cuando por fin Elisabeth se pudo tumbar en su cama. Le dolían las manos y la espalda de fregar, y tenía la certeza de que el día siguiente sería aún peor. La pobre señora Smith roncaba en la cama que había a su lado.

Aparte de las dos camas de hierro, en la habitación había una mesita de noche y un armario donde las mujeres podían colgar sus uniformes. Y, además, estaba el baúl de Elisabeth. Tendría que buscar algo con lo que ocultarlo; si alguien daba con él, les sería muy difícil justificar de dónde habían sacado todos aquellos valiosos enseres.

Emitiendo un profundo suspiro, Elisabeth volvió a preguntarse si no sería mejor regresar a casa. Pero entonces se le ocurrió que tal vez ahora su hermano, por el hecho de haber huido, creyera que había perdido su control, y que lo mejor sería delegar la responsabilidad que tenía para con ella en un marido.

Pensó también en el conde de Weiss, a quien apenas había visto en un par de bailes y que tenía la edad de su difunto padre. Aquello le provocó una punzada en el corazón. Echaba terriblemente de menos al hombre dulce y atento que le había dado la vida. Elisabeth, al ser la hermana mayor, siempre había sido objeto de las atenciones de su padre, y estaba convencida de que él no hubiera permitido jamás que le hicieran aquello a su amada hija.

Agotada, Elisabeth se limpió las lágrimas de impotencia que rodaban libremente por sus mejillas y apagó el candil que había dejado sobre la mesita de noche. Al día siguiente decidiría qué hacer con su vida.

Capítulo 3

Unos golpes en la puerta en mitad de la noche arrancaron a Elisabeth y a la señora Smith del profundo sueño en el que estaban sumidas.

—Vístanse, ¡rápido! —las apremió uno de los lacayos.

Las dos mujeres salieron trastabillando de sus camas y tropezaron varias veces entre sí, hasta que Elisabeth logró acercarse a la mesita de noche y encender la vela que había puesto allí la noche anterior.

—¿Qué sucede? —le preguntó a la señora Smith, pensando que tal vez aquello fuera algo habitual en los aposentos del servicio.

—No lo sé —respondió esta, igual de asustada que ella.

—Tal vez haya habido un accidente, o un incendio —vaticinó Elisabeth, mientras su vieja dama de compañía la ayudaba, sin que ella se diera cuenta, a vestirse.

En la cocina se encontraron con toda la servidumbre; nadie parecía saber lo que estaba sucediendo. Elisabeth buscó a Grace y se situó a su lado. Esta trató de sonreírle, pero el sueño que aún sentía le impidió hacerlo. De pronto, la puerta de la cocina se abrió y la señora Carlton entró como una exhalación.

—Lord Downey está aquí.

Elisabeth miró a Grace, quien, sin apartar su vista de la señora Carlton, le aclaró en voz baja:

—Es el hijo del duque.

El conde de Downey... Elisabeth estaba segura de que había oído a su hermano hablar de él. Sin embargo, no formaba parte de su círculo de amistades más cercano, y ella creía que nunca se había cruzado con él. Sintiendo cómo un nudo de nervios crecía en su interior, rezó por que así fuera. De lo contrario, ya podía dar su aventura por finalizada.

Estaba cayendo un aguacero de mil demonios, ni siquiera el tiempo parecía quererle poner las cosas más fáciles ese día. Robert tomó su capa dispuesto a echársela sobre los hombros antes de salir del carruaje, pero en el último momento cambió de opinión y la utilizó para proteger su cabeza de la lluvia. El lacayo que había acudido a abrir la portezuela del coche se sorprendió al ver aparecer a su señor escondido tras su abrigo, pero su exquisita formación impidió que aquello se reflejara en su semblante.

El conde subió titubeante los escalones que antecedían a la puerta principal y, como si fuera completamente ebrio, caminó tanteando a su alrededor hasta que dejó de sentir la lluvia caer sobre su cabeza. No oyó nada al detenerse, pero tenía la certeza de que los quince miembros fijos del servicio de Greyswood estaban formados frente a él, mirándole con asombro.

El señor Wilson, el mayordomo, le hizo una señal a uno de los lacayos para que se acercara a ayudar a Robert a quitarse la empapada capa de la cabeza. Cuando lo hizo, el conde casi pudo oír cómo las respiraciones se cortaban a su alrededor.

—Milord —logró decir Wilson, sin poder apartar

su mirada de la venda que envolvía la cabeza de su señor—. Bienvenido a Greyswood.

Robert levantó la barbilla, en un gesto perfeccionado por su familia durante generaciones. Su solo porte hubiera sido suficiente para robarles el aliento a todos los empleados del castillo. Aunque ahora estuviera algo mojado y arrugado por el viaje, su traje era exquisito y se le ceñía al cuerpo con adoración. Las piernas musculadas, el torso plano y los anchos hombros hablaban de la afición del conde a practicar todos los deportes conocidos. Y, aunque la venda ocultaba gran parte de su rostro, aún se podían apreciar su nariz afilada y su fuerte mandíbula. Sin embargo, algo en su aspecto daba la impresión de que se sentía tan inquieto como un león acorralado.

Robert sabía que a continuación se esperaba que saludara al ama de llaves y dirigiera unas breves palabras a los demás sirvientes, a quienes su presencia habría seguramente sacado de la cama. Pero no tenía ninguna gana de explicarse en ese momento y, dada la situación, nadie se lo iba tampoco a reprochar.

—Señor Wilson, ¿sería tan amable de acompañarme a mis habitaciones? —pidió.

—Por supuesto, milord. Será un placer —respondió Wilson solícito, acercándose más a él y dudando unos segundos antes de tocar su brazo.

Inmediatamente, Robert se aferró a él.

Los empleados que estaban en la escalera se hicieron a un lado y se quedaron observando cómo aquellos dos hombres emprendían un lento ascenso.

—Vamos, todo el mundo a sus habitaciones —ordenó entonces la señora Carlton, tratando de ocultar que estaba tan impresionada como los demás—. Ustedes dos, vengan conmigo.

Elisabeth le hizo un gesto tranquilizador a la señora Smith antes de seguir, junto a uno de los lacayos, al ama de llaves.

—Henry, encienda el fuego de la habitación del señor, y usted, Mary, el de la recámara que está a su lado. Si no, con esta humedad, aquello no se calentará jamás.

El lacayo subió troncos de madera para los dos cuartos antes de dejar a Elisabeth a solas. A esta le costó un gran esfuerzo hacer que los leños húmedos ardieran, más todavía por su falta de experiencia en aquella tarea. Casi una hora más tarde, tras asegurarse durante un buen rato de que la llama que había logrado prender no volvería a extinguirse otra vez, Elisabeth dio su trabajo por finalizado.

Salió de la habitación sin hacer ruido y observó que tampoco salía sonido alguno de la habitación contigua; probablemente el conde ya se había acostado.

Se dirigió sigilosa hacia la escalera y, cuando la alcanzó, un fuerte golpe la sobresaltó. Miró a su alrededor; no había nadie. Entonces, decidió acercarse a la puerta de la habitación del conde y oyó un juramento.

—Milord —dijo, llamando suavemente a la puerta—. ¿Se encuentra bien?

—¡Pase! —ordenó el conde.

Elisabeth abrió la puerta y se encontró con la habitación en penumbra, iluminada tan solo por la chimenea que acababa de encender el lacayo.

El conde de Downey estaba al lado de una mesa, vestido con su camisa de dormir, a punto de pisar con sus pies descalzos un jarrón que acababa de caer al suelo.

—¡No se mueva! —gritó Elisabeth, haciéndole detenerse—. El suelo está lleno de cristales; se lastimará.

Se acercó hasta él y, tomándole la mano, se la colocó en su brazo.

—Venga por aquí, milord —dijo, alejando al hombre de aquella peligrosa alfombra de vidrio y guiándole hacia una butaca—. Siéntese aquí un momento mientras yo recojo los cristales.

El conde orientó la cabeza hacia el fuego, que ya ardía con fuerza e hizo brillar la parte de su cabello que no cubría la venda. Elisabeth apreció que tenía la mandíbula muy tensa.

—Váyase —pidió él de pronto, con una voz tenebrosa—. Y llame al señor Wilson.

Elisabeth le miró un instante y pensó en lo mal que debía de sentirse aquel hombre por estar privado de la visión. Con bastante probabilidad, estaría poco acostumbrado a depender de los demás y no sabría cómo manejar aquello. Se preguntó qué le habría llevado a ese estado.

—Sí, milord —respondió, antes de abandonar la habitación.

Corrió escaleras abajo y se dirigió al dormitorio del mayordomo. Una vez delante de su puerta, dudó un instante antes de golpearla con los nudillos. Al no recibir respuesta, volvió a llamar con más fuerza y aproximó sus labios a la hoja de la puerta para decir en una especie de susurro que pretendía no alertar a los demás miembros del servicio:

—Señor Wilson, soy Mary. El conde le necesita.

Como si de unas palabras mágicas se tratara, la puerta del dormitorio se abrió y el señor Wilson apareció en ella introduciendo ya su camisón por dentro de sus pantalones.

En la misma puerta, Elisabeth le explicó lo sucedido y el mayordomo insistió en que le acompañara de vuelta al cuarto para limpiar los cristales.

—Milord —saludó al conde cuando estuvieron de nuevo en la habitación, pero este no respondió.

Elisabeth corrió a acuclillarse en la alfombra, dispuesta a recoger hasta la última punzante pieza del jarrón. El conde seguía sin apartar su atención del fuego, como si de algún modo pudiera verlo a través de los horribles vendajes que rodeaban su cabeza. A pesar de su silencio, Elisabeth podía sentir su presencia en la habitación mejor que si hubiera estado hablando. Aquello la ponía muy nerviosa, hasta el punto de que varias veces tuvo que sacar trocitos de cristal de su piel, maltratada ya por las pocas horas que había estado trabajando aquel día. Tenía ganas de salir corriendo de allí y no volver jamás, pero también veía una tonta responsabilidad en lo que estaba haciendo. De algún modo, sentía que de ella dependía que aquel hombre no se hiciera todavía más daño.

Cuando terminó de recoger los cristales, Wilson comprobó su trabajo y la dejó que se marchara.

Robert esperó hasta oír la puerta cerrarse antes de decir:

—Despídala.

—¿Milord? —preguntó el mayordomo confundido, creyendo no haberle entendido bien.

—Mañana no quiero ver a esa mujer por aquí —insistió Robert, antes de emitir un bufido por la ironía que escondía su frase: él ya no podía ver nada.

Capítulo 4

Elisabeth apenas tuvo tiempo de dormir un par de horas antes de iniciar la que sería su primera jornada laboral en el castillo. Todavía no había pasado un solo día allí y ya se sentía agotada. Y muerta de frío. Incluso pensó si no iría a caer enferma. Solo la sonrisa con la que la recibió Grace cuando fue a reunirse con ella esa mañana pudo aliviar un poco su malestar.

Prepararon juntas el té para los jefes de servicio, mientras Grace le contaba a Elisabeth anécdotas acerca de Greyswood. La apacible vida que le relataba la joven no parecía tener nada que ver con lo que Elisabeth había experimentado hasta el momento, y se dijo que tal vez solo tuviera que aguantar un poco más para que todo mejorara.

Un poco más tarde, el señor Wilson apareció en el lugar y se dirigió directo hacia ella:

—Mary, esta mañana no tendrá que encargarse de las chimeneas, lo hará Grace con la ayuda de uno de los lacayos —dijo, para añadir después, con un halo de misterio—: Así podrá reponerse un poco después de lo de ayer.

Elisabeth pudo sentir cómo la señora Carlton y Grace la miraban de reojo. La señora Arnold, la cocinera, no lo hizo; estaba demasiado concentrada dándole forma a la masa de uno de los tres bizcochos que pensaba preparar para el desayuno del señor de ese día.

Elisabeth asintió y el señor Wilson la correspondió. No sabía qué había hecho aquella pobre muchacha para que Robert actuara así con ella. El hijo del duque no solía ser impulsivo y la chiquilla parecía muy discreta. Tenía que tratarse de un malentendido. Por eso, Wilson había tomado la arriesgada decisión de dejarla trabajar una jornada completa en el castillo. Así, al menos tendría la excusa para darle unas monedas por sus servicios cuando finalizara el día.

A pesar del cansancio que sentía, a Elisabeth le gustó recorrer el castillo en compañía de todas las doncellas y lacayos, abriendo habitaciones, descorriendo cortinas y descubriendo muebles. Era una parte del trabajo del servicio que ella nunca había visto hacer, ya que, cuando su familia cambiaba de residencia, las casas siempre se preparaban antes de su llegada.

A pesar del polvo, pudo admirar algunos muebles, traídos desde todos los rincones del mundo por los distintos duques de Greyswood, y distinguir los puntos comunes que tenían algunas de las habitaciones, que indicaban que habían sido decoradas en torno a las mismas fechas.

Había tanto por hacer en la casa que aquel día Elisabeth tampoco tuvo que ayudar en la cocina.

—Habitualmente la apertura se hace en varios días, puesto que los señores avisan con antelación de su llegada —le dijo a Elisabeth una de las doncellas—. Pero, después del accidente, el conde se vino directamente hacia aquí.

Elisabeth asintió. Su educación le impedía hacerle a la muchacha preguntas acerca del accidente del conde, aunque estaba deseosa de saber más.

—Dicen que se cayó de un caballo —cuchicheó otra de las muchachas.

—Eso no es cierto —intervino Grace, que la había escuchado—. Johnny me ha dicho que sufrió un accidente mientras cargaba un arma.

La primera chica la miró con cierto desprecio.

—Qué sabrá Johnny, si no sale de las cuadras.

—Pues precisamente por eso lo sabe —replicó Grace, orgullosa—. Se lo dijo el cochero que trajo al conde de Londres.

—No le hagas caso —le dijo entonces a Elisabeth la otra muchacha—. John solo le dice esas cosas para impresionarla.

—Eso es mentira —respondió Grace enfurecida, levantando un poco la voz.

—¡Silencio! —intervino entonces la señora Carlton—. Dejen de chismorrear y continúen limpiando. Solo nos faltaría que despertaran al conde con su cháchara.

Hacía horas que Robert estaba despierto, pero no tenía ninguna intención de abandonar su habitación en todo el día, ni probablemente en todas las semanas que iba a tener que pasar en Greyswood. Se había despertado temprano a causa del dolor que sentía en los ojos. Cuando eso le sucedía, le entraban unas incontrolables ganas de arrancarse las vendas y aliviarlo de algún modo. Pero, como no sabía cómo hacerlo, esa mañana terminó llamando al señor Wilson para pedirle una licorera. Este, tan atento como siempre, se la había entregado junto a unas tostadas y unos huevos revueltos, a la espera de que se sirviera el desayuno.

—Hoy no bajaré al comedor, Wilson. Me quedaré en mi habitación.

El señor Wilson comprendió que aquella situación no iba a ser fácil.

—Está bien, milord. ¿Desea que le traiga algo más?

Robert se derrumbó en el sillón que había ocupado el día anterior mientras Elisabeth limpiaba los cristales del jarrón que él había derribado.

—No, supongo que no.

Wilson observó al conde. Le costaba reconocer en él al niño al que había visto crecer. Aquel que, junto a su hermano menor, se escondía de las niñeras por el castillo, salía al campo a investigar, o hacía hermosas construcciones de madera frente a la chimenea.

—Wilson.

—¿Milord?

—No se irá a quedar toda la mañana ahí, mirándome, ¿verdad?

Wilson enrojeció.

—No, milord —respondió antes de marcharse, apurado.

Sin embargo, los poco ambiciosos planes de Robert de no volver a salir de su habitación durante toda su estancia en Greyswood se vieron frustrados ese mismo día, a la hora del almuerzo.

—Sir Archibald Geynor está aquí, milord —le anunció entonces Wilson.

—¿Archy? Diablos. ¿Y qué hace aquí?

Robert no sabía cómo se había enterado Geynor de su llegada. Aquello era terrible, no solo porque iba a tener que soportar su compañía, sino porque significaba que sus padres no tardarían tampoco en enterarse de la noticia.

—¿Está aquí arriba? —sospechó de pronto.

—No, milord. Le rogué que esperara en la sala de visitas, aunque insistió en que si era necesario podía subir hasta aquí.

Robert emitió un gruñido. No podía hacer a Archy subir en su estado; finalmente, iba a tener que bajar él.

—¿Estoy presentable? —le preguntó al señor Wilson, temeroso.

—Perfectamente presentable, milord. Como siempre. Si me permite, le ayudaré a ponerse la levita.

Así lo hizo, y le ayudó además a desandar el camino que había hecho colgado de su brazo el día anterior.

Bajar las escaleras a ciegas era considerablemente más complicado que subirlas, y a Robert le mortificaba tener que aferrarse a su mayordomo como si fuera un niño.

Aunque pareciera mentira, cuando llegó al vestíbulo, tuvo que limpiarse el sudor del rostro con un pañuelo.

—Maldito Archibald —juró en voz baja mientras lo hacía, y el señor Wilson lamentó no poder hacer algo para reconfortarlo—. Vamos —le apremió Robert, antes de volver a agarrarse a él.

Por fortuna, Wilson había instalado a su visita en la sala más cercana a la escalera, por lo que el tormento de no poder moverse solo y, lo que era aún peor, de no saber si alguien más le observaba, no duró mucho más.

—Hombre, por fin. Ya pensé que nos ibas a hacer subir a todos a buscarte.

Robert fingió una sonrisa y se imaginó a su amigo de la infancia sentado en la horrible silla de madera que lo tenía atrapado desde que quince años atrás una yegua había castigado su imprudencia lanzándolo por los aires. Supuso que a su lado se encontrarían los dos muchachos de turno encargados de llevarle de un lado a otro. Siempre había sentido una gran lástima por Archy, y ahora él no se encontraba en una situación mucho mejor.

—Puedes sentarte, Robert —oyó decir a su amigo—. No creo que seamos capaces de conseguir darnos un abrazo.

Y entonces sucedió algo inesperado: Robert se echó a reír. Una fuerte carcajada brotó de su ancho pecho hasta hacerle convulsionarse. Archibald, presintiendo que se avecinaba el desastre, ordenó a sus lacayos que ayudaran a su amigo a encontrar asiento y los dejaran solos.

Cuando Robert dejó por fin de reír, se mantuvo sentado en silencio, con los codos apoyados sobre las rodillas y sujetándose la cabeza entre las manos. Su respiración seguía alterada, haciendo que se moviera como un enorme animal herido.

—¿Qué te ha pasado, amigo? —logró decir Archibald, más impresionado de lo que había creído que se sentiría al verlo.

Robert negó. No quería hablar de ello.

Continuaron en silencio varios minutos, hasta que Robert dijo:

—A veces el dolor es tan fuerte que creo que me van a estallar los ojos.

Archibald agradeció que su amigo no pudiera ver las lágrimas que asomaban a sus ojos. Compartía su sufrimiento más de lo que este se podía imaginar.

—¿Volverás a ver?

—No lo sé —Robert volvió a negar—. Hay que esperar.

Archibald asintió.

—¿Y vas a esperar aquí, en Greyswood?

—Eso pensaba, pero no sé cuánto tardará mi padre en encontrarme.

—¡Ja! —rio su amigo—. Conociendo a tu padre, seguro que te encontró antes de que llegaras.

Robert volvió a sonreír.

—Y tú, viejo diablo, ¿cómo supiste que estaba aquí?

—¡Ay, amigo! Alguien en mi situación tiene que tener sus recursos.

Pensar en la posición de Archibald hizo que Robert se serenara un poco. Él no era el único que lo estaba pasando mal.

—¿Cómo lo soportas?

Su amigo suspiró.

—No lo hago, pero tengo que vivir con ello. Ahora, te voy a dar un consejo, mi buen amigo. Si lo aceptas. ¿Lo aceptas?

Robert no tuvo más remedio que asentir.

—Búscate un ayudante. Alguien que te asista en lo que necesites, pero que no signifique nada para ti; que no te importe en absoluto. Alguien a quien puedas despedir sin que te tiemble el pulso. Esa persona va a verte en tus peores momentos y debes tener la posibilidad de deshacerte de ella en cualquier instante y no volverla a ver nunca más. Por tu dignidad y por tu salud mental. ¿Nunca te has preguntado por qué cambio tantas veces de porteadores?

Horas más tarde, en la soledad de su habitación, Robert seguía dándole vueltas a lo que le había dicho su amigo, y creyó entender a qué se estaba refiriendo.

En el camino de vuelta, cada vez que su inseguridad le había hecho apretar los dedos en torno al brazo de Wilson, había sentido una rabia inmensa hacia aquel hombre del que dependía. Y eso que él siempre había apreciado al mayordomo, que llevaba trabajando para su familia desde antes de que se casaran sus padres. No; aquel rechazo no tenía nada que ver con el pobre Wilson, sino consigo mismo.

Recordó también a la doncella que había entrado la noche anterior en su habitación y cómo había evitado que sus pies quedaran destrozados por los cristales. ¿Y cuál había sido su reacción inmediata? Hacerla desaparecer. Igual que le hubiera gustado hacer con Wilson horas antes.

¿Quién sería aquella joven? De los miembros del servicio de Greyswood conocía bien a Wilson, a la bruja de Carlton, a la señora Arnold y a algún lacayo, pero con las doncellas apenas había tenido relación. Trató de visualizar a alguna de ellas y le resultó imposible. Entonces, decidió llamar al mayordomo.

—¿Milord? —preguntó este al entrar.

—Wilson, la muchacha a la que despediste anoche, ¿quién era?

—Una moza que entró ayer a trabajar en Greyswood, milord.

—¿Ayer? ¿Era nueva?

—Sí, milord.

Un fragmento de la conversación que había mantenido con Archibald esa mañana atravesó la mente de Robert como un fogonazo: «Alguien que no te importe en absoluto; a quien puedas despedir sin que te tiemble el pulso».

Robert se aclaró la garganta antes de preguntar:

—Y, esa muchacha, ¿de dónde salió?

—Mencionó que venía de la Posada del Ciervo, milord.

—¿Es la hija de la posadera? —aventuró Robert.

—No, milord. Al parecer, se encontraba de paso cuando escuchó que en Greyswood buscábamos personal.

Aquello se ponía cada vez más interesante para Robert.

—Entonces, ¿no es del pueblo?

—No, milord —respondió Wilson, rogando por que el conde no le preguntara de dónde venía la joven Mary, ya que desconocía la respuesta.

—¿Y no está relacionada con ningún miembro del servicio?

Aquello era algo habitual en la casa. Sin ir más lejos, la sobrina del propio Wilson llevaba varios años ayudando en el castillo. Se llamaba Greta. ¿O era Grace?

—No, milord. Apareció ayer en la casa, acompañada de otra mujer —respondió Wilson, sacándole de sus pensamientos.

—¿De otra mujer, dice? ¿Son parientes?

—Es posible, ya que comparten el apellido.

—¿Y no sabe de dónde venían?

—No, señor —admitió finalmente Wilson, algo avergonzado.

Sin embargo, aquello no pareció sentarle mal a Robert. Al contrario, el conde cada vez se veía más animado. Hasta que, de pronto, se envaró.

—¿Y tampoco sabemos dónde vive? ¿No podríamos localizarla si quisiéramos hacerlo?

Wilson pensó en la muchacha, a la que acababa de dejar envolviendo bolas de coliflor en la cocina, junto a la señora Arnold.

—De hecho, es posible que sí, milord —dijo con cautela—. Puede que todavía no se haya marchado.

—Estupendo —respondió Robert, para su sorpresa—. Pues vuélvala a contratar. A partir de mañana trabajará para mí.

Wilson sintió una mezcla de alivio y de preocupación por la muchacha; no tenía ni la más remota idea de lo que el conde pretendía que la pobre Mary hiciera por él.

Capítulo 5

A la mañana siguiente, después de encender las chimeneas y participar en la limpieza de la casa, Elisabeth acudió a la habitación del conde, tal y como le había indicado que hiciera el señor Wilson. Antes de golpear la puerta, comprobó que su cabello estuviera correctamente recogido por la cofia, que se acababa de cambiar, y tomó aire, tratando de serenarse.

Abrió la puerta del dormitorio un lacayo. Después del accidente del primer día, se había dispuesto que el conde estuviera acompañado en todo momento. Elisabeth saludó al muchacho con un gesto antes de tratar de ver algo en la penumbra en la que estaba sumida la habitación.

El conde estaba sentado en la misma butaca del primer día con el rostro vuelto hacia el fuego, igual también que aquella vez. Elisabeth desvió su mirada hacia las ventanas. Solo una de las tres que había en la estancia tenía las cortinas a medio abrir.

—Acérquese.

La grave voz del conde resonó en la habitación y Elisabeth sintió un escalofrío recorrer su columna. Se acercó hasta él. Estaba medio recostado en el sillón, aparentemente inmóvil, salvo por una mano, que abría y cerraba sin cesar.

El conde tardó varios minutos en volver a hablar, un tiempo que a Elisabeth se le hizo eterno.

—¿Cuál es su nombre?

—Mary, milord.

La voz de la chica sonó tan débil que Robert giró instintivamente el rostro hacia ella para oírla mejor. Pensó que no era de extrañar que la muchacha se sintiera intimidada por su presencia; al fin y al cabo, hacía poco más de veinticuatro horas que la había despedido sin motivo alguno.

—¿Se quedará a trabajar en Greyswood?

A Elisabeth le extrañó aquella pregunta. Ignoraba que el conde había ordenado que se prescindiera de ella el día anterior y que aquella era la extraña forma que tenía de enmendar su error. Pensó en su intención de abandonar el castillo en cuanto reuniera el dinero suficiente para su viaje y tragó saliva antes de responder:

—Sí, milord.

Su voz seguía sonando dubitativa y Robert asintió antes de preguntar:

—¿De dónde es usted?

Elisabeth contuvo un gemido. No esperaba que el conde se interesara por su origen.

—De Horsham, milord —respondió, lamentando inmediatamente no haber nombrado un lugar aún más lejano.

—He sabido que la acompaña una mujer. ¿Se trata de su madre?

—No. Es mi tía, milord. Mi madre falleció hace años.

—Y, la mujer que la acompaña, ¿era hermana de su madre?

Elisabeth recordó a tiempo que le había dado a la señora Carlton como propio el apellido de Agnes.

—No, milord. La señora Smith es hermana de mi padre.

—Entiendo. Entonces, ¿se dirigían al encuentro de su padre?

—No, milord. Mi padre también falleció.

Robert notó un deje de tristeza en la voz de la muchacha y supuso que la pérdida de su padre era reciente. Tuvo el impulso de trasladarle sus condolencias, pero entonces recordó las palabras de su amigo Archibald y se dijo que lo mejor era no seguir profundizando en aquel asunto o correría el riesgo de simpatizar con la joven. Así que se aclaró la garganta antes de hablar:

—Como sabe, todavía no me arreglo bien con mi nueva situación. —Esperó un instante la respuesta de la muchacha, pero esta no llegó—. Necesito a alguien que me ayude.

El conde se revolvió en el sillón. Admitir que necesitaba ayuda no parecía resultarle fácil. Elisabeth volvió a mirar su mano, que ahora acariciaba con sus largos dedos la piel del sillón. Tenía una mano hermosa; todo en él parecía serlo, aunque de una manera intimidante. Subió la mirada hacia su rostro medio cubierto. Sus altos pómulos marcaban el camino hacia su boca, no muy carnosa, pero perfectamente definida. Su mandíbula era ancha, y la falta de afeitado que lucían sus mejillas le dotaba de cierto atractivo animal.

—Usted hará esa labor —indicó el conde, volviendo el rostro de nuevo hacia el fuego.

Elisabeth asintió, tratando de recuperar la compostura, y, cuando se dio cuenta de que él no podía verla, dijo:

—Como usted guste, milord.

Tras un nuevo período de silencio, Elisabeth pensó que tal vez el conde esperaba de ella que le entretuviera. Con ese fin, se aclaró la garganta y trató de iniciar una conversación, aunque sus intentos no fueron muy bien recibidos.

—Esta mañana he podido conocer gran parte del castillo —dijo—. ¿Puedo preguntarle en qué año se construyó?

Robert tardó unos segundos en responder:

—Es de principios del siglo doce.

—¿Del siglo doce? —repitió Elisabeth con asombro.

—Ha habido reformas posteriores, claro —añadió el conde con impaciencia.

—Es extraordinario —observó Elisabeth—. Nunca había visto un castillo tan grande.

El conde giró el rostro hacia ella. Sus labios dibujaron una mueca de ironía.

—¿Ha frecuentado usted muchos castillos, Mary?

Elisabeth ladeó la cabeza. Lo cierto era que había visitado más de uno, pero supuso que no debía admitir aquello delante del conde.

—No. Yo... solo los he visto en litografías, milord.

¿Litografías? Aquella era una palabra extraña para una moza. Robert volvió a torcer el gesto. Mucha gente trataba de utilizar palabras rebuscadas para parecer más culta. Y no solamente los menos instruidos, los de su misma clase gustaban de hacerlo también, lo cual resultaba todavía más ridículo.

—¿Y puedo preguntarle cuántas habitaciones tiene, milord? —insistió la muchacha.

Dios mío, ¿acaso esa mujer no se iba a callar nunca? Estaba logrando despertar en Robert un nuevo dolor de cabeza.

—Veintitrés dormitorios, dos salones, una sala de baile y una biblioteca. Y ahora, si no le importa, Mary, me gustaría pensar. En silencio.

Elisabeth logró morderse la lengua a tiempo, antes de darle al conde una respuesta inapropiada. Volvió a recordarse a sí misma su posición en aquella casa y la delicada situación de aquel hombre, aunque empezaba a creer que su agrio carácter no se debía solo a su convalecencia.

Durante el resto de la mañana, Elisabeth se entretuvo avivando el fuego cuando era necesario y mirando la lluvia caer a través de la rendija que había en la única ventana que mostraba el exterior.

Cuando los relojes de la casa dieron las doce, el señor Wilson en persona se presentó en la habitación con el almuerzo del señor. Al tiempo que le entregaba la bandeja al lacayo, el mayordomo le preguntó a Elisabeth con una mirada si todo estaba bien. Al ver que ella asentía, Wilson se acercó más tranquilo al sillón del conde.

—He venido a ver si necesitaba algo, milord.

Mientras el conde y el mayordomo entablaban una breve conversación, Elisabeth buscó cuál sería el lugar más apropiado para organizar la comida. En el centro de la habitación había una mesa de comedor.

—Podríamos acercarla a la chimenea —le sugirió al señor Wilson en un aparte más tarde, creyendo que al conde le agradaría estar más cerca del fuego—. Y el sillón también. Y si despejamos un poco la habitación, tal vez el conde sea capaz de moverse solo con más facilidad.

Wilson se mostró de acuerdo con las sugerencias de Elisabeth y le pidió al lacayo ayuda para aproximar la gran mesa de comer al fuego. Después, se marchó en busca de refuerzos con los que arreglar la habitación del modo que había propuesto la moza.

Mientras tanto, Elisabeth dispuso el contenido de la bandeja sobre la mesa, ordenándolo a la perfección según establecían las normas del protocolo, e invitó al conde a que se sentara allí.

Él levantó el rostro hacia ella, consciente de que Wilson había abandonado la habitación.

—Si me lo permite, yo le ayudaré, milord —dijo Elisabeth, comprendiendo la duda que le había surgido al hombre.

Robert se levantó por fin y Elisabeth colocó su mano, que sintió muy fría, alrededor de su brazo. Aquella postura le pareció muy íntima, y dudó un instante antes de emprender la marcha. Ya había guiado al conde de ese modo la noche del jarrón roto, y en aquella ocasión él se encontraba además medio desnudo, pero Elisabeth había estado entonces tan concentrada en no pisar ningún trozo de vidrio que no se había dado cuenta de lo imponente que era aquel hombre.

Les llevó un poco de tiempo recorrer los poco más de veinte pasos que los distanciaban de la comida. Por el camino tuvieron que esquivar dos hermosas mesitas de marquetería, una de las cuales sostenía un gran caballo de cerámica, y varias sillas de estilo tudor. Elisabeth se preguntó cuánto tiempo tardaría el señor Wilson en volver a la habitación y hacer desaparecer de en medio todas aquellas cosas tan peligrosas para un ciego.

El conde tomó asiento y alargó sus manos para tantear la mesa. Estuvo a punto de volcar una copa, pero Elisabeth posó entonces su mano sobre la de él y la dirigió delicadamente hacia los cubiertos.

—Si me permite... —dijo.

Robert tuvo la tentación de rechazar su ayuda de un manotazo, pero las pequeñas manos calientes y delicadas de ella revoloteando sobre las de él, y el suave tono de su voz mientras le iba indicando dónde se encontraba cada pieza del menaje, consiguieron relajarle hasta un estado que no había disfrutado desde mucho antes del accidente. Hasta tal punto fue así que, cuando la joven terminó su inocente lección, Robert se puso a comer sin protestar.

Cuando Elisabeth le cambió al conde el plato sopero por uno de los principales, Wilson se presentó en la habitación junto a tres lacayos. Comenzaron su misión de mover los muebles con miedo a la reacción del conde; sin embargo, para sorpresa de todos, este hizo como si no estuviera sucediendo nada extraño a su alrededor.

Para cuando el pequeño ejército del servicio se marchó, Robert estaba ya terminándose el delicioso suflé de chocolate que le había preparado la señora Arnold. Se encontraba medio recostado en la silla, con las mangas remangadas por el calor que le habían transmitido la chimenea y el vino. Su rostro se veía relajado y su mandíbula, hasta entonces siempre tensa, se movía suavemente mientras degustaba el pastel. Elisabeth, que no podía apartar su mirada de los hipnóticos movimientos de la boca de él, se dijo que parecía satisfecho.

Una vez que el conde hubo terminado, se limpió los labios lentamente con la servilleta y dijo:

—Parece que hemos sufrido una pequeña mudanza.

Su voz sonaba serena, muy diferente de las otras veces, y Elisabeth miró a su alrededor, estudiando la habitación despejada.

—Hemos apartado los muebles del camino para que pueda moverse solo por la habitación. —Se hizo un silencio incómodo, y Elisabeth añadió—: Cuando se sienta preparado para ello, milord.

El conde se puso de pie.

—¿Y se han llevado mis muebles?

—No. Los han arrimado a la pared, milord. Excepto el caballo.

El conde hizo una mueca que podría haber sido una sonrisa y el corazón de Elisabeth se aceleró.

—¿No le agradaba mi caballo, Mary?

Elisabeth se ruborizó y Robert lamentó no poder ver la expresión que la joven tendría en el rostro. Siempre le había divertido contrariar a la gente con su mordaz ingenio, y realmente le vendría bien un poco de diversión en ese momento.

—Estoy cansado —confesó finalmente, liberando a la pobre moza del compromiso de responder a su pregunta—. Me gustaría echarme un rato. Usted puede aprovechar para descansar también un poco, si así lo desea.

Elisabeth se lo agradeció antes de volver a tomar su mano, mucho más cálida ya, y colocarla en su brazo. Él la dejó caer hasta apoyarla en el pliegue del codo de ella, dando la impresión de que era quien guiaba a la muchacha y no al revés, y provocando un estremecimiento en Elisabeth con su caricia.

—Vamos —dijo el conde, y echaron a andar.

—Es guapo, ¿verdad?

Elisabeth había logrado que Grace se tomara una pequeña pausa en sus obligaciones para acompañarla con un té. Aún faltaba mucho para las cinco de la tarde, pero Elisabeth comenzaba a comprender que para el servicio no había horarios.

—No sabría decirte —respondió, dando un sorbo a su humeante taza.

—Son esos horribles vendajes. Pero te aseguro que los dos hermanos quitan la respiración.

—¿El duque solo tiene dos hijos?

—Tiene tres: lord Downey, que es el primogénito, su hermano, lord William Hassett, y lady Diana, la única mujer.

La señora Arnold, que estaba preparando ya la cena, las miraba de reojo de tanto en tanto. Elisabeth tenía la extraña sensación de que su nuevo papel junto al conde había despertado la curiosidad de todos en la casa.

—Son todos muy apuestos, aunque yo prefiero otro tipo de hombres más humildes, como Johnny, por ejemplo —añadió Grace, sonrojándose.

A Elisabeth le entró curiosidad por saber quién sería aquel muchacho al que ya había oído nombrar con anterioridad.

—¿Johnny es tu novio? —preguntó.

—¡No! —respondió Grace, demasiado alterada como para que su respuesta no ocultara cierta verdad.

Elisabeth sonrió.

—Pero te gustaría que lo fuera, ¿no es así?

Grace sonrió y dirigió una mirada fugaz a la señora Arnold.

—¿Cuántos años tienes, Grace?

—Catorce.

Elisabeth había acertado, Grace tenía la misma edad que su pequeña Amy. Suspiró, pensando en cuánto empezaba a echar de menos a su familia.

—Creo que él también siente algo por mí, pero piensa que no tiene nada que ofrecerme.

—Sois muy jóvenes todavía —trató de consolarla Elisabeth.

—Mi madre me tuvo con quince años —replicó Grace.

Elisabeth no dijo nada más. Ella pronto cumpliría los veinte y todavía no sabía lo que era el amor.

Terminaron el té y siguieron con sus quehaceres hasta que, a última hora de la tarde, Elisabeth regresó a la habitación del conde para asegurarse de que este no necesitaba nada más. Volvió a abrirle la puerta el lacayo, quien le dijo, con una mirada de preocupación, que el conde no se había levantado desde que ella se había ido.

Elisabeth se adentró en la habitación y se dirigió a la gran cama de caoba donde el conde yacía inmóvil, completamente vestido.

—¿Milord? —susurró, para no despertarle si estaba dormido.

Él no respondió y Elisabeth se preguntó horrorizada si habría muerto.

—Milord, ¿se encuentra bien?

La voz de la muchacha sonaba preocupada y Robert pensó que su insistencia, además de confirmar que la chica era un verdadero incordio, reflejaba cierto valor. Pero los ojos le dolían de tal manera que no se veía capaz de hablar. Así que se limitó a emitir un gruñido.

Elisabeth se sobresaltó. Aquel quejido se parecía demasiado a los que le había oído a su hermano cuando se levantaba tras una noche de excesos.

Se acercó más a la cama y vio que las mejillas del conde brillaban a causa del sudor. Instintivamente, alargó su mano hacia ellas y las tocó. Estaban calientes.

—Oh, milord. ¿Tiene fiebre?

Robert protestó.

—No lo creo —logró decir con dificultad—. Pero la cabeza me duele tanto que parece que me va a estallar.

Esta vez el gemido lo produjo Elisabeth. Pensó rápidamente en qué se podría hacer para aliviar ese dolor. Una compresa mojada ayudaría, pero no quería estropear los vendajes. Tal vez hubiera un pedazo de hielo en la cocina, y seguro que la señora Smith conocía algún remedio para el dolor.

—Ahora vengo —anunció—. Voy a buscar ayuda.

—Espere —dijo él, alargando la mano como si quisiera detenerla—. En el tocador tiene que haber una botella de láudano.

Robert no quería volver a tomar aquella droga. El primer día después del accidente había hecho uso del medicamento y la sensación de pérdida de control que le había producido le había asustado todavía más que la propia ceguera. Cada vez que su conciencia trataba de despertar de las horribles pesadillas que se sucedían en sus sueños, descubría que no sabía dónde estaba, ni qué hora era, ni por qué no podía ver. Fue entonces cuando decidió refugiarse en Greyswood y tratar de sobrevivir sin la ayuda del opio. Pero aquella noche no se veía capaz de soportar más dolor.

Elisabeth dirigió su mirada hacia el tocador. Sabía que el láudano se utilizaba de manera habitual, incluso para dolores menores, pero también que tenía un efecto poderoso.

Se acercó hasta el mueble que guardaba los útiles de aseo del conde, lujosos artículos hechos de plata y marfil que lucían perfectamente pulidos y ordenados, y no tardó en dar con el frasco que estaba buscando. Cuando lo hubo hecho, tomó una cuchara de la bandeja que contenía la cena del conde, y que este aparentemente no había tocado, y se acercó de nuevo a la cama.

—¿Está seguro, milord? —preguntó, y él asintió.

Elisabeth abrió el frasco y dejó que su oscuro líquido goteara sobre la cuchara de plata para llenarla casi hasta el filo. Después, ayudó al conde a incorporarse y le pidió que abriera la boca. Él vació el contenido de la cuchara obedientemente y Elisabeth posó su cabeza de nuevo sobre la almohada con cuidado. Tras eso, devolvió el frasco a su sitio y regresó a la cama para asegurarse de que el conde estuviera cómodo antes de dejarle solo.

—No se vaya hasta que me haya dormido —le pidió entonces él en un susurro—. Por favor.

Elisabeth, conmovida, acercó una silla a la cama y se sentó a esperar.

Capítulo 6

Al cuarto día de la llegada de Elisabeth y la señora Smith a Greyswood, por fin, salió el sol.

Elisabeth se había levantado, como siempre, dos horas antes del amanecer. Aquella noche tampoco había dormido mucho; había permanecido al lado del lecho del conde, atenta a su respiración, hasta que estuvo bien segura de que estaba profundamente dormido. Solo entonces, se retiró al cuarto que compartía con la señora Smith, quien se despertó al oírla llegar.

—Es muy tarde —protestó esta.

—Lo sé, Agnes. Vuelva a dormirse —susurró Elisabeth.

—Debería tener cuidado, señorita. No está bien que pase tanto tiempo a solas con ese hombre.

—Está enfermo, Agnes. Y yo soy su ayudante.

—Por muy ciego que esté, no deja de ser un hombre. Y usted ha estado en sus aposentos mucho más tiempo del que recomienda el decoro. Una situación así arruinaría la reputación de cualquier dama.

Elisabeth sonrió con cansancio en la oscuridad.

—Pero yo ya no soy una dama, Agnes. Ahora soy una simple moza que trabaja en el servicio del castillo de Greyswood.

—Señorita...

—Shhh —la acalló Elisabeth—. No se preocupe por mí, Agnes. Seré cuidadosa. Además, nadie sabe quiénes somos realmente, y pronto estaremos tan lejos de aquí que jamás lo podrán averiguar.

Cuando despertaron pocas horas más tarde, Elisabeth logró que la señora Smith le confesara a regañadientes la receta de la milagrosa infusión que cada mes le preparaba para calmar sus dolores: manzanilla, matricaria y eucalipto. Quería ver si también serviría para aliviar el malestar del conde. Antes de comenzar con sus quehaceres diarios, recopiló las hierbas necesarias para preparar la infusión.

A media mañana, se encontraba acuclillada en la cocina, en una postura muy frecuente en su nueva vida, limpiando unos armarios, cuando un tímido rayo de luz se coló por una de las ventanas y atravesó de lado a lado la estancia. La cocinera y las muchachas que se encontraban en la habitación estallaron en gritos y aplausos al verlo, y Elisabeth no pudo evitar reír con ellas. De inmediato, su mente voló hacia la oscura habitación del conde.

—Señora Arnold, ¿cree que podría conseguir un poco de hielo?

La cocinera la miró con suspicacia.

—Es para el conde —aclaró Elisabeth—. He pensado que podría ayudarle con el dolor.

Enseguida, la expresión de la cocinera se suavizó y Elisabeth pudo ver asomarse en ella la preocupación que todos sentían por su señor.

—Ve a las cuadras a ver al señor Forney. Él te ayudará.

Elisabeth asintió y se limpió las manos en su delantal antes de salir de la habitación. Nada más hacerlo, la campanita que comunicaba la zona de servicio con la habitación del conde comenzó a sonar.

* * *

Cuando salió del castillo, la luz del exterior la dejó ciega. Se permitió detenerse un instante, dando tiempo a que sus pupilas se adaptaran a aquella nueva situación, y pudo disfrutar de la calidez del sol en su rostro. Hacía un día espléndido.

Cuando por fin pudo abrir de nuevo los ojos, Elisabeth admiró el impresionante paisaje que se descubría ante ella. Tras un sobrio aunque exquisitamente cuidado jardín, un bosquecillo marcaba el inicio de una interminable sucesión de colinas y frondosas arboledas entre las que se adivinaba incluso el cauce de un río. No se divisaba ninguna construcción en las cercanías, lo que le hizo pensar que los terrenos que ocupaba el castillo eran inabarcables.

Con un suspiro, la joven inició la marcha hacia las cuadras en busca del señor Forney. Cuando llegó a ellas, un muchacho joven y bien parecido se la quedó mirando sin disimulo.

—Estoy buscando al señor Forney —anunció Elisabeth, mientras trataba con una mano de proyectar un poco de sombra en sus ojos.

—¿Eres Mary?

Elisabeth se sorprendió por la familiaridad con la que la trataba aquel palafrenero, aunque rápidamente se recordó a sí misma que el chico creía estar hablando con una moza del castillo.

—Sí —respondió sonriendo.

—Grace me ha hablado de ti. Soy Johnny.

El chico le tendió una mano, que Elisabeth tomó divertida. Nunca nadie le había estrechado la mano de ese modo.

—¿Necesitas algo de las cuadras? —preguntó él.

—Necesito hielo para las heridas del conde.

El rostro de Johnny se contrajo, igual que había hecho el de la cocinera minutos antes.

—Tengo entendido que la causa de su ceguera fue

un accidente montando a caballo —aprovechó para tratar de averiguar Elisabeth.

—No lo creo —respondió el joven con vehemencia—. El conde es el mejor jinete que he visto en mi vida.

—Tal vez su caballo se asustó —sugirió Elisabeth.

Johnny negó.

—Dicen que el conde, cuando era joven, hacía carreras con su hermano y sus amigos; carreras en las que montaban de pie en los caballos.

—Levantarse sobre los estribos no es tan poco común —replicó Elisabeth, aunque comprendía que aquello pudiera sorprender a alguien que no supiera montar.

—Se descalzaban y se ponían de pie sobre la grupa de los animales, sin silla ni bridas a las que aferrarse. Los caballos confiaban ciegamente en ellos.

Elisabeth se quedó callada. Sin duda, aquello sí demostraba una habilidad extraordinaria.

—Cuando yo era pequeño, el conde me subió muchas veces en su caballo. Decía que la clave para montar bien era la confianza entre el jinete y el animal, que ambos tuvieran la seguridad de que el otro nunca le iba a fallar. Y tenía razón.

Elisabeth comprendió que aquel muchacho tenía en gran consideración a su señor.

—Entonces, lo que le sucedió ¿fue realmente un accidente de caza?

Aquella era la otra teoría que Elisabeth había escuchado, la que el joven que tenía frente a ella le había contado a Grace.

—Eso fue lo que dijo uno de los cocheros que trajo al conde de Londres, que se le había disparado un arma de caza —respondió el mozo de cuadras, quien dudó un segundo antes de añadir—: La versión del otro fue que todo había sucedido en un duelo.

—¿En un duelo? —se sorprendió Elisabeth.

—Sí, en un duelo con el marido de su última amante.

De vuelta al castillo, con unos pequeños pedazos de hielo en su poder, Elisabeth no podía dejar de darle vueltas a su conversación con el joven Johnny. ¿Realmente el conde se habría batido en duelo con alguien? Decían que muchos hombres solucionaban sus problemas de aquel modo, pero ella nunca había visto a uno que lo hubiera hecho. Y, aparte de eso, ¿aquel hombre tenía una amante? Elisabeth se sonrojó solo de pensarlo. Claro que la tendría, se dijo. Era un hombre soltero, joven y bien parecido. ¿Por qué no iba a tenerla? Su mente dibujó una imagen del conde abrazando a una mujer, del mismo modo en el que los libros que leía a hurtadillas describían lo que un hombre y una mujer hacían cuando se amaban.

Cuando entró en la cocina, Elisabeth aún no había conseguido controlar su sonrojo.

—¿Qué te pasa, muchacha? Pareces acalorada —le dijo la señora Arnold mientras terminaba de preparar la infusión para el conde.

—Será el sol, que hoy luce muy fuerte —se excusó ella, al tiempo que se llevaba las manos a las mejillas.

Por fortuna, la cocinera no profundizó en el asunto, y Elisabeth pudo dejar pronto sus dominios y recorrer el camino hasta la habitación del futuro duque.

Llevaba en sus manos una bandeja con la infusión para el dolor, un cuenco con el hielo picado y un paño.

Cuando anunció su presencia, el conde pareció enfadado.

—Esperaba que se presentara antes. Creí haber dejado claro que trabajaría para mí.

Elisabeth dirigió una mirada interrogativa al

lacayo, quien a su vez le hizo ver una mancha reciente que había en la alfombra.

Robert estaba de pésimo humor. Tenía la cabeza embotada a causa del láudano y, además, se había echado por encima el té durante el desayuno. Y todo porque aquella estúpida muchacha no había cumplido con su trabajo.

—Le ruego que me disculpe, milord. Había ido a buscar un poco de hielo para ver si le ayudaba con el dolor —se excusó Elisabeth, sintiendo cómo se diluía la ilusión con la que había acudido a él esa mañana, creyendo que sería capaz de ayudarle.

Él respiró en profundidad.

—¿Y lo ha traído consigo, el hielo?

Elisabeth asintió.

—También le he preparado una infusión para tratar de calmar el dolor.

La voz de la muchacha sonaba realmente compungida y Robert decidió aplazar temporalmente la decisión que había tomado de despedirla en cuanto volviera a verla.

—Probémoslo —ordenó en cambio, revolviéndose en su butaca—. No tengo mucho que perder.

Elisabeth le acercó la taza de té y esperó a que él le diera un sorbo antes de envolver cuidadosamente el hielo con el paño. Después, le hizo levantar levemente la cabeza y presionó con el frío bulto sus sienes.

Los labios del conde se separaron y emitieron un sonido gutural.

—¿Le duele? —se alarmó Elisabeth, pero él negó.

Ella continuó aplicándole el hielo en la frente y las sienes, y ofreciéndole sorbos de té en silencio. Podía oír la respiración de él mientras veía su pecho subir y bajar cada vez más relajado. Elisabeth jamás había estado tan cerca de un hombre que no fuera de su familia, y luchaba por mantener alejadas de su mente las imágenes del conde besando a una mujer que la habían hecho sonrojar a la vuelta de las cuadras.

Robert, por su parte, se sentía como hipnotizado. Se había abandonado por completo a los cuidados de la muchacha y el dolor había ido remitiendo hasta convertirse en una molestia soportable. Hasta creía posible haber dormitado en algún momento. Cuando la joven finalmente se separó de él, sentía la misma languidez que después de haber hecho el amor.

Elisabeth recogió con cuidado la infusión y el cuenco del hielo, y después esperó un largo rato hasta que el conde se incorporó levemente en su sillón, indicándole que no estaba dormido.

—¿Quiere que abra las ventanas? —preguntó.

Robert casi la maldijo por hacerle salir de su éxtasis tan bruscamente.

—¿Por qué iba a querer algo así? —gruñó.

—Porque ha salido el sol, milord. Pensé que podría descorrer las cortinas y permitir que entre en la habitación.

—¿Para qué, si no puedo verlo?

Elisabeth se frotó las manos, nerviosa.

—Tal vez ayude a airear la estancia.

El conde no respondió, pero, al cabo de unos instantes, levantó su mano, como diciendo «adelante».

Elisabeth se apresuró a abrir las gruesas cortinas y, tras ellas, las ventanas. Un aire limpio y fresco invadió rápidamente la habitación. El conde levantó su rostro hacia él, como si estuviera buscándolo.

Desde la posición de Elisabeth, la vista del jardín resultaba de lo más apetecible. Las plantas relucían después de haber absorbido tanta agua como había caído del cielo en los últimos días, y su aroma era tan intenso que llegaba hasta ella.

Elisabeth se volvió hacia el conde y valoró su aspecto con detenimiento.

—¿Le gustaría dar un paseo por el jardín, milord?

—No.

Robert giró inmediatamente la cabeza hacia la chimenea. Aquella muchacha entrometida... ¿Cómo se le ocurría sugerir que saliera de la habitación?

Elisabeth se mordió el labio inferior con impotencia, mientras continuaba observando la expresión del conde. Parecía muy alterado. En ese instante, el señor Wilson apareció providencialmente en la habitación.

—Milord.

El conde se giró hacia la puerta.

—El señor Beagle solicita ser recibido por usted.

Robert se llevó una mano a la frente y la retiró en cuanto se topó con el vendaje.

—No tengo ganas de ver ahora al administrador, Wilson. Dígale que ya le haré llamar yo más adelante.

—Dice que es urgente, milord.

—Para Beagle todo es urgente. Dígale que no.

El señor Wilson no dijo nada más, pero tampoco se movió de su lugar y, al cabo de unos minutos, el conde rompió el silencio.

—¡Diablos! ¿Es que nadie aquí piensa respetar mi voluntad?

Se puso de pie y Wilson se apuró a acercarle su levita.

—Yo le ayudaré a bajar, milord —se ofreció.

—No —negó el conde—. Lo hará ella.

El mayordomo miró a Elisabeth con un gesto de preocupación y esta le sonrió, tratando de tranquilizarle.

Descendieron con dificultad, y Elisabeth no dejó de rezar en todo el camino para que no acabaran los dos rodando por aquella escalera pensada para guiar los pasos de bravos guerreros.

El conde se aferraba a su brazo con fuerza, pero avanzaba decidido, con una confianza en sí mismo que convenció a Elisabeth de que ese hombre era verdaderamente capaz de montar descalzo sobre un caballo.

Cuando llegaron abajo, Robert suspiró aliviado y aflojó la presión que ejercía sobre el brazo de Elisabeth.

—Lo logramos —dijo, y ella sonrió—. Quédese conmigo en la reunión, por si necesito algo.

—Como usted desee, milord.

Cuando entraron en el despacho, el señor Beagle no fue capaz de responder al saludo del conde de tan impresionado como le acababa de dejar su aspecto. Aunque sabía lo de su visión, nadie le había advertido de que su señor llevaba la cabeza llena de vendas. Elisabeth, al darse cuenta de la situación, se apresuró a ayudar al conde a acomodarse para distraer su atención.

—Y bien. ¿Cuál era ese asunto tan urgente que tenía que trasladarme, Beagle?

Robert lamentó no tener un momento para relajarse después de la bajada. Tenía la boca seca y el corazón acelerado. Pero lo había hecho; había conseguido llegar hasta el escritorio de su padre. Y se había sentido mucho más cómodo que cuando bajó la primera vez para encontrarse con Archibald. Tal vez se estuviera adaptando a su nueva condición. O puede que todo estuviese yendo mejor gracias a Mary. A pesar de que tenía la impresión de que a la joven no le agradaba estar cerca de él, le daba también la sensación de que, de algún modo, estaba seguro con ella.

Giró la cabeza hacia donde creía que se encontraba la muchacha y detectó su característico aroma a carbón con un curioso toque floral de fondo. Sí; saber que estaba allí le daba confianza.

Acarició el borde del escritorio y reconoció las elegantes molduras de la madera. Despacio, fue adentrando sus manos en la mesa, reconociendo al tacto los distintos objetos de la escribanía de su padre, el duque. Elisabeth seguía con atención los movimientos de aquellas manos delicadas a la par que firmes, que parecían estar descubriendo un mundo nuevo.

El administrador llevaba un buen rato hablando sin pausa de cosechas, arrendatarios y pérdidas. A Robert le llevó unos minutos centrarse en lo que decía, pero algo en su discurso captó su atención.

—... y entonces el agua no llega hasta los terrenos que están al pie de la colina.

—¿Otra vez? ¿Y las canalizaciones que construimos hace dos años?

Beagle miró confundido al conde y después a Elisabeth. Acababa de mencionar que la rueda que habían instalado dos años atrás había dejado de girar y que, por eso, el agua no llegaba a los cultivos. ¿Acaso lo que fuera que le hubiera sucedido a su señor le había dejado también atontado?

Elisabeth le hizo un gesto, apremiándole a que respondiera.

—La rueda se ha estropeado, milord.

¿La rueda se había estropeado? El propio conde se había encargado de elaborar los planos en Londres junto a William, su hermano. Y ambos sabían hacer bien ese tipo de cálculos; no podían haber fallado.

—Tal vez se instaló mal... —murmuró, recordando que ninguno de los dos había presenciado las obras—. Tendría que ir a verlo.

La imposibilidad de que aquello sucediera hizo que el silencio se instalara en la habitación. Beagle miró a Elisabeth, esperando que volviera a intervenir en su rescate, pero en esa ocasión ella tampoco supo qué hacer.

El ímpetu que había empezado a crecer en el interior del conde se desvaneció y el hombre pareció hundirse en su sillón.

Cuando terminó la reunión, Elisabeth le acompañó de nuevo escaleras arriba. Subir parecía resultarle mucho más fácil que bajar.

Una vez en la habitación, Elisabeth le preguntó al conde si podía ayudarle en algo más. Este echó a andar solo hacia su butaca, guiándose por los muebles que había junto a las paredes, y masculló un seco:

—Márchese.

Robert pasó el resto del día en su sillón, pensando en la rueda y las canalizaciones que habían construido años atrás. Las tierras que había cerca del río eran prósperas y daban beneficios más que aceptables, pero aquellas que se extendían hacia las colinas disfrutaban de menos agua durante el verano y eso a la larga se acababa notando. Por eso William y él habían ideado aquel intrincado sistema de regadío que debía poner en igualdad de condiciones a todos los trabajadores de sus tierras. Sin embargo, algo había fallado. Trató de recordar los planos, los detalles de las mediciones que le habían mantenido ocupado tres veranos atrás, y de resolver el problema. Pero parecía imposible hacerlo desde aquella maldita butaca.

Junto a su frustración, con las horas fue creciendo su malestar, y con este la angustia de saber que iba a tener que volver a recurrir al láudano. En un momento dado, se levantó de su sillón y comenzó a recorrer el centro de la habitación como si fuera un animal enjaulado.

Así lo encontró Elisabeth cuando le subió la cena.

—No voy a tomar nada —gruñó el conde al oler la comida.

Elisabeth sospechó lo que sucedía y descubrió el cuenco con el hielo.

—Tal vez quiera probar un poco de la infusión que tomó esta mañana, milord.

Robert recordó aquel momento y le pareció imposible que pudiera llegar a sentirse de nuevo así de bien.

Se dirigió a su sillón como respuesta y contuvo la respiración hasta que sintió de nuevo el frío sobre su rostro.

—Gracias al cielo —dijo, antes de cubrir con su mano la de Elisabeth para hacerle aumentar la presión.

—Tenga cuidado, no vaya a lastimarse —susurró Elisabeth para no perturbarlo.

Él sintió cómo se iba relajando de nuevo y pensó que tal vez sí pudiera finalmente prescindir del láudano. Sin aflojar la presión que ejercía sobre la mano de la criada, dobló sus dedos para envolverla en parte con ellos, y dijo:

—Gracias.

Y Elisabeth sintió cómo sus ojos se humedecían con una simple palabra.

Capítulo 7

Al día siguiente, tras volver a rechazar la oferta de Elisabeth de dar un paseo por el jardín, Robert le pidió que buscara a algún sirviente que supiera leer y que le dijera al señor Wilson que localizara en la biblioteca los planos del sistema de regadío.

Había pasado una buena noche, y la infusión y el hielo que la joven le había vuelto a aplicar antes del desayuno parecían haberle hecho efecto de nuevo.

Elisabeth se ofreció a ayudar al señor Wilson con su encargo.

—Es una carpeta de cuero rojo —le dijo este cuando entraron en la biblioteca—. Debe de estar en alguno de esos estantes.

En el lugar había cientos de carpetas como la que había descrito Wilson.

—Que Dios nos asista si el conde tiene que esperar a que revisemos todo esto.

Wilson sonrió.

—El conde es un buen hombre, no le juzgues por su situación actual.

Elisabeth torció el gesto.

—No es mi trabajo juzgarlo —dijo, sin embargo.

—Lord Downey es un hombre muy inquieto. Siempre lo fue, desde muy niño. Se pasaba el día guardando bichos en frascos para analizar su comportamiento, construyendo artilugios que no se sabía muy bien para qué servían y se leyó todos los libros de esta sala que estaban a su alcance. Recuerdo la vez que él y su hermano, lord William, convocaron a todo el personal del castillo en los jardines para que presenciaran el lanzamiento de un artefacto volador desde una de las torres. Este, efectivamente, voló hasta desaparecer de la vista de todos. El duque no cabía en sí de orgullo, hasta que descubrió que los chiquillos habían utilizado uno de sus alfileres para sujetar las alas del aparato. Después de eso, les dio una buena azotaina a ambos y les hizo salir cada día durante dos meses a buscarlo, pero nunca apareció. Me imagino la alegría del afortunado que encontrara el alfiler del duque, hecho de oro y piedras preciosas.

Elisabeth sonrió con Wilson.

—Sin embargo, nada de eso indica que el conde sea buena persona —observó, con miedo a lastimar al mayordomo.

El hombre asintió mientras buscaba en su memoria alguna anécdota que reflejara mejor el carácter bondadoso del conde.

—Poco después de aquello, un chiquillo muy necesitado comenzó a trabajar en Greyswood. A los pocos días de su llegada, empezaron a desaparecer algunos objetos de plata. El ladronzuelo los acumulaba por miedo a volver a pasar hambre si era despedido. Lord Downey le descubrió un día en el comedor escondiéndose una cucharilla entre la ropa y, tras registrar su habitación, encontró todo lo que habíamos ido echando en falta. El conde no debía de tener entonces más de doce años. Tras hablar con el chiquillo, lord Downey se autoinculpó ante su padre y cargó con el castigo del muchacho para que este pudiera conservar su puesto en la casa.

—¿Y cómo justificó su necesidad de hacer algo así? —preguntó Elisabeth con curiosidad.

—Dijo que estaba reuniendo dinero para un nuevo invento.

Elisabeth se quedó en silencio.

—Yo presencié aquella conversación, y hablé con el duque antes de que castigara a su hijo con gran severidad.

—¿Y lo hizo, aun sabiendo que no era el culpable?

Wilson sonrió.

—El duque dijo que aquella decisión le correspondía a su hijo, y que este tenía que saber que sus actos, ya fueran robar objetos de plata o asumir las culpas de otro siendo inocente, tenían sus consecuencias.

Elisabeth volvió a guardar silencio.

—Vi a lord Downey hacer eso mismo miles de veces para proteger a su hermano. El hombre no es ningún santo, pero te aseguro que tiene buen corazón. La presión que está sufriendo ahora es inmensa. Ese hombre debería heredar algún día el ducado y, si no recupera la vista, es posible que no pueda llegar a hacerlo.

Por fin dieron con los planos y el propio señor Wilson se ofreció a quedarse con el conde para ayudarle a desentrañarlos. En el castillo no había ningún otro sirviente con la capacidad de leer.

Los dos hombres se pasaron todo el día juntos, encerrados en los aposentos del heredero, mientras el caos por la ausencia de Wilson se iba apoderando de la casa. Llegó un pedido para la bodega que no pudo ser comprobado correctamente ni colocado en su lugar, ya que era Wilson quien custodiaba la llave; los lacayos, a quienes nadie daba órdenes, se dedicaron a entorpecer el trabajo de las doncellas, empeorando todavía más el humor de la señora Carlton; y el correo se fue amontonando de cualquier manera en la consola que había en el recibidor.

Elisabeth fue la encargada de subirle al conde el almuerzo y el té, y cada vez que entraba en sus aposentos miraba intrigada a la pareja de hombres, que había desplegado un montón de papeles y planos sobre la mesa de comer. Wilson parecía cada vez más angustiado, y el conde... El conde se había quitado la levita y la corbata, se había remangado de nuevo la camisa y se revolvía nervioso por verse incapaz de trabajar al ritmo al que lo hacía cuando su vista no estaba anulada.

Al finalizar el día, Wilson huyó desesperado de la habitación y tuvo que pasar un rato a solas en su despacho para recomponerse antes de salir de él y afrontar todo el trabajo que se le había acumulado a lo largo de la jornada.

—Pobre Wilson. No creo que quiera volver a oír hablar de ruedas nunca más en su vida —bromeó Elisabeth, haciendo reír a la señora Arnold, que la estaba ayudando a preparar la bandeja con la cena del conde.

Grace se acercó a ellas justo a la vez que Johnny, el palafrenero, se presentaba en la cocina. Fuera había empezado a llover y el muchacho había decidido llevar él mismo el hielo al castillo para que Elisabeth no se tuviera que mojar por ir a buscarlo. Al parecer, cuando se trataba del conde, todo el mundo estaba dispuesto a colaborar.

Grace se sonrojó al verle.

—Hoy no has venido en todo el día a las cuadras —le reprochó el muchacho con timidez.

—El señor Wilson ha estado ausente y todo ha sido un gran caos por aquí —se excusó la muchacha.

El rostro del chiquillo se llenó de alivio.

—Pensé que ya no me querías ver más —confesó con timidez, despertando una sonrisa de satisfacción en su amiga.

Elisabeth tomó el hielo de las manos del palafrenero y le dirigió una mirada significativa a Grace antes de dejarlos otra vez solos, si es que aquello era posible en esa cocina tan llena de gente.

La señora Arnold le colocó a Elisabeth la bandeja en las manos con amabilidad y esta emprendió una vez más la subida hacia la guarida del conde, mientras pensaba en que, efectivamente, Johnny parecía corresponder a Grace, y se preguntaba cómo se sentiría una al ser el objeto de las atenciones y el cariño de un hombre.

El conde la esperaba sentado en la mesa de comedor. Al parecer, esa noche estaba dispuesto a cenar algo antes de que Elisabeth le aplicara el hielo. Parecía de mejor humor y, mientras comía, se dedicó a dibujar cifras imaginarias sobre la mesa. Elisabeth se preguntó si seguiría dándole vueltas al asunto del riego.

Cuando terminó, el conde se acomodó en el sillón y se preparó para recibir los cuidados de la moza. Tras darle un sorbo a la infusión, comentó:

—El té de la noche tiene un sabor diferente al de las mañanas.

—Eso es porque le añado un poco de pasiflora para que le ayude a dormir, milord.

Robert reflexionó sobre aquello mientras Elisabeth comenzaba a aplicarle el frío.

—No me revuelve como el láudano.

Elisabeth sonrió.

—La pasiflora es más suave, y tampoco le añado mucha cantidad.

—¿La dosis justa para que no incordie demasiado al lacayo del turno de noche?

Elisabeth emitió una risa tímida que hizo sonreír a Robert, antes de rendirse, una vez más, a sus cuidados.

Una nueva revolución llegó a Greyswood poco después del amanecer del día siguiente. Elisabeth acababa de regresar a la zona de servicio, después de abrir las cortinas y encender las chimeneas de las salas de la planta baja del castillo, cuando una doncella pasó corriendo por su lado y le gritó con entusiasmo:

—¡Lord William está aquí!

Elisabeth corrió a cambiarse y subió a los aposentos del conde con el fin de aplicarle el hielo antes de que recibiera a su hermano. Sin embargo, al entrar en la habitación, se dio cuenta de que no había llegado a tiempo.

Frente a la butaca del conde había un hombre de su misma estatura, con la espalda algo más estrecha, que se giró al oírla entrar. Tal y como le había dicho Grace, lord William Hassett era tremendamente atractivo. Tenía los labios algo más gruesos que el conde y la cara levemente más fina, y unos ojos negros que parecían atravesarla con la mirada. Elisabeth se preguntó si los ojos del conde serían tan oscuros como aquellos.

El hombre se volvió de nuevo hacia su hermano para preguntarle en un susurro el nombre de la criada.

—Ha de ser Mary —respondió este.

Lord William volvió a encararla con aquella penetrante mirada en el rostro y, adoptando una pose aristocrática, dijo:

—Mary, ¿le importaría dejarnos solos?

Para su sorpresa, la sirvienta no corrió asustada hacia la puerta como un ratoncillo, que era como solían reaccionar las jóvenes doncellas cuando se dirigía a ellas, sino que se quedó en su lugar y miró tímidamente en dirección a su hermano. Robert, al no escuchar ningún movimiento por parte de la moza, le pidió:

—Por favor, Mary. Vuelva un poco más tarde.

Entonces sí, Elisabeth asintió y, haciéndole una reverencia a lord William, respondió:

—Por supuesto, milord.

Cuando salió de la habitación, una divertida sonrisa asomó a los labios del hermano menor de Robert.

—¿Te acuestas con tu doncella?

Este respondió asombrado.

—¡William!

William volvió a mirar hacia la puerta, sonriendo todavía.

—No me parecería tan escandaloso. Es evidente que hay cierta intimidad entre vosotros, y la muchacha es deliciosa.

—¿Lo es? —se sorprendió Robert, que no se había parado a pensar en cómo sería el rostro de Mary.

—Bueno, es joven y muy delicada. Sí, diría que es hermosa. Lo suficiente para meterla en mi cama, al menos.

—Pues abstente de ello —le amenazó Robert, sin comprender por qué le disgustaba tanto la idea de que Mary dedicara sus atenciones a alguien más—. Bastante perjuicio me han provocado ya tus aventuras amorosas.

William se llevó las manos al cabello, revuelto tras el viaje, y se dejó caer en una silla al lado de su hermano.

—Cuando permití que te presentaras a aquel duelo en mi nombre, no pensé que terminaría así.

Robert negó.

—Yo tampoco.

—Debí asumir mi responsabilidad.

—Estabas completamente ebrio, Will. Nunca te hubiera dejado ir en ese estado. Y Wharton no era contrincante para mí; nunca hubiera perdido el duelo si el arma no hubiese fallado. Además, no puedo negar que yo también he disfrutado en muchas ocasiones de los favores de lady Wharton, así que lo merecía tanto como tú.

—Pero a ti no te cazaron en ello. Eres más prudente que yo.

—Lo que soy es más listo —bromeó Robert para tranquilizar a su hermano—. Además, no lo hice solo por ti, sino también por el ducado. Lord Linley no habría dudado en romper tu compromiso con su hija si se hubiera enterado de todo aquello. Y, dado que yo no tengo intención alguna de contraer matrimonio por el momento, existe la posibilidad de que lady Sarah termine siendo la futura duquesa de Greyswood.

Los dos hombres guardaron silencio.

—¿Padre ya lo sabe? —preguntó entonces Robert.

—No lo creo —respondió su hermano—. Ya habría venido a pedirte cuentas de haberlo hecho. La que creo que sospecha que te pasa algo es nuestra madre. Ha estado preguntando por ti demasiado a menudo estos días.

—¿Y qué le has dicho?

—Que habías ido a cazar a la finca de lord Foster.

Robert dudó si podría volver a cazar algún día. William, que podía leerle la mente desde que eran niños, se frotó las manos, nervioso, antes de preguntar:

—¿Qué te han dicho los médicos? ¿Volverás a ver?

Robert se encogió de hombros.

—Se sabrá cuando me quiten esta cosa —dijo, señalándose los vendajes—. De momento parece que el dolor ha empezado a remitir, en parte gracias a los cuidados de la muchacha a la que has espantado hace un momento.

—Mary... Deberías seducirla. Sería un buen entretenimiento para tu convalecencia.

Robert pensó en las hábiles manos de la doncella y tuvo que tragar saliva al imaginar lo que podrían hacer con el resto de su cuerpo.

—Tengo otro entretenimiento mejor —dijo, con la voz algo ronca.

—¿Mejor? Lo dudo —respondió William riendo.

—Parece que nuestro sistema de regadío se está desmoronando —continuó Robert, ignorando el comentario de su hermano.

Aquello captó la atención de William.

—¿Desmoronando, dices? ¿Por qué?

—No lo sé. Algo ha hecho que la rueda no gire y el agua no llegue a los terrenos más alejados. Alguien debería ir a echarle un vistazo.

William vio las carpetas que había amontonadas cerca de la mesa de comedor del cuarto de su hermano. También advirtió que todos los muebles estaban extrañamente arrinconados.

—Imagino que esas son las carpetas que contienen los planos; les echaré un vistazo.

Robert le invitó a hacerlo con un gesto.

—Ha sido una excelente idea, la de apartar los muebles de tu camino, hermanito —le felicitó William mientras se dirigía a ello.

—Una idea excelente de Mary —murmuró Robert.

—Mary, Mary... —repitió William insinuante, arrancando una sonrisa a su hermano.

Cuando poco antes del mediodía Elisabeth regresó a la habitación del conde, su hermano seguía allí. Estaba revisando los planos que tanto desasosiego habían provocado en el señor Wilson el día anterior. Sin embargo, cuando ella comenzó a aplicarle el hielo al conde, lord William detuvo su lectura y se concentró en seguir sus movimientos con aquella oscura y licenciosa mirada suya.

Elisabeth se fue poniendo cada vez más nerviosa, hasta el punto de que el temblor de sus manos acabó transmitiendo su intranquilidad al conde. En un principio, él puso sus manos sobre las de ella para tratar de tranquilizarla, como había hecho la noche anterior con el fin de mostrarle su agradecimiento, pero aquello no hizo más que empeorar la situación, y Robert se acabó dando por vencido y le pidió a Elisabeth que dejara la habitación antes de que, y dijo literalmente, «terminara agujereándole la sien».

Aquello, junto a la repentina salida del conde con su hermano para visitar la rueda de agua que había dejado de funcionar, había mantenido a Elisabeth todo el día con una profunda sensación de inquietud. Temía que el conde tropezara, se estropeara el vendaje, o que el movimiento del vehículo en el que recorrería sus tierras le hiciera daño a los ojos. Ni por un segundo se le pasó por la cabeza que nada de eso era asunto de ella.

A Robert, el paseo por el campo le sirvió para reconciliarse con su hermano, con el mundo y consigo mismo. Aunque lamentó horrores no poder ver aquellos paisajes que llevaba grabados a fuego en el alma, pudo disfrutar de la calidez del sol y el frescor de la brisa, y de la agradable conversación de algunos de sus arrendatarios.

William se mostró en todo momento muy atento con él y le describió todo lo que iba descubriendo con gran profusión de detalles. Al parecer, la rueda hidráulica estaba destrozada. Las últimas lluvias habían provocado que el río bajara con demasiada agua y la fuerza del caudal había terminado por hacer saltar sus radios, probablemente debido también a algún error previo en la instalación. Los dos hermanos recorrieron el resto de las canalizaciones y encontraron todo lo demás en orden.

—Hay que volver a construir la rueda —concluyó William mientras regresaban a casa.

—Primero me gustaría revisar las medidas, para que esto no vuelva a suceder —comentó Robert.

Su hermano se mostró de acuerdo.

—Yo debo volver mañana a Londres —dijo—, pero podría intentar regresar la semana que viene para ayudarte.

De pronto, apretó los dientes, como si hubiera recibido un golpe.

—La semana que viene no puedo. Debo visitar a lord Linley y a lady Sarah para hablar de la boda. Pero la siguiente me comprometo a venir; tienes mi palabra de hermano —prometió, como solían hacer cuando eran niños.

Dos semanas. Robert envidió la apretada agenda de William. Él, sin embargo, no tenía absolutamente nada que pudiera hacer hasta entonces.

—Dentro de dos semanas tengo que volver a Londres para ver a mis médicos —recordó—. Si vienes antes, haré el viaje de regreso contigo.

Por la noche, los ojos volvían a dolerle terriblemente. Entre el exceso de luz del paseo, el cansancio que le había provocado este y que aquella mañana no había recibido su dosis de frío, su curación parecía haber retrocedido hasta el primer día.

Aun así, no le dijo nada a su hermano, para no hacerle sentir mal, y aceptó que cenara con él en sus aposentos.

Les sirvió la comida el señor Wilson con la ayuda de un lacayo. Mary parecía haberse esfumado.

Robert recordó su último encuentro, aquella mañana, en el que la había sentido muy nerviosa, y se preguntó si habría hecho algo inapropiado. Tal vez la muchacha había interpretado mal su gesto de agradecimiento de la noche anterior. Pensó que, de ser así, el problema era de ella. Algo tan nimio no le daba derecho a incumplir sus deberes.

Después de la cena la esperó en el sillón, tomándose una copa de brandi, pero el sueño acabó apoderándose de él y, en vista de que la muchacha no aparecía, decidió acostarse.

Cuando ya estaba en la cama, escuchó unos golpes en la puerta y cómo el lacayo le decía a quien hubiera llamado que ya no estaba disponible.

—¿Quién es? —gritó desde su enorme lecho.

El lacayo se asomó a los pies de la cama.

—Es la moza Mary, milord.

—Hágala pasar.

Elisabeth se asomó a la habitación y estuvo a punto de darse media vuelta cuando cayó en la cuenta de que el conde estaba en la cama.

—Venga, no sea tímida —rugió él, muy enfadado—. Ya me ha visto en la cama con anterioridad.

Elisabeth le dirigió una mirada cargada de reproche. Sabía que el conde se refería a la noche en la que le dio el láudano y le parecía muy injusto que ahora lo utilizara en su contra. Indignada, se acercó a la cama para descubrir que el conde ni siquiera se había puesto la bata.

—Está en camisón —constató.

—Estoy en mi habitación y estoy enfermo. Y si usted hubiera venido a su hora, no me habría encontrado de esta guisa —replicó él con ironía—. De todos modos, también me ha visto así antes.

Elisabeth se quedó quieta recordando la noche del jarrón roto mientras su enojo iba en aumento. El conde gruñó.

—¡Por Dios! ¿Acaso cree que la voy a seducir habiendo un lacayo en la puerta?

El hombre se revolvió impaciente.

—Si su recato hace que no pueda soportar verme así, acérqueme el láudano y desaparezca de aquí.

Elisabeth comprendió que el dolor del conde se debía de haber agudizado y comenzó a envolver el hielo en el paño con gestos bruscos.

El enfado de Robert se fue enfriando al mismo tiempo que el dolor iba remitiendo por la aplicación del hielo. No así el de Elisabeth, a quien ver el pecho desnudo de aquel hombre a través del escote de su camisón no hacía más que acrecentar su mal humor.

—¿Le importaría si muevo estos libros a otro lugar, milord? —preguntó, la enésima vez que los libros que había sobre la mesita de noche del conde entorpecieron su intención de dejar en ella la infusión.

Suponía que al conde, dada su pérdida de visión, le daría igual que los apartara.

—¿Hay libros sobre la mesa? —preguntó Robert con voz somnolienta.

—Sí, hay dos, milord: *La Ilíada* de Homero y *El vicario de Wakefield*, de Oliver Goldsmith.

—Umm...

Elisabeth interpretó la respuesta como que le daba carta blanca para hacer con los libros lo que quisiera y procedió a cambiarlos de lugar.

Siguió aplicándole el hielo y, cuando terminó, dijo:

—Si no necesita nada más de mí, milord, le dejo descansar.

En esa ocasión el conde ya no le respondió.

Elisabeth le acercó una mano al rostro para asegurarse de que no le hubiera subido la temperatura. No lo había hecho, y su respiración era tranquila. Observó sus manos, una pegada a su costado, la otra descansando relajadamente sobre su pecho. Y este, que dejaba entrever unos músculos bien torneados.

Suspirando, Elisabeth tuvo que admitir que, cuando tenía la boca cerrada, el conde de Downey resultaba de lo más deseable.

Capítulo 8

Elisabeth estaba francamente agotada. Se dijo que no podría soportar ese ritmo mucho tiempo más. Por las noches se le hacía muy tarde mientras cuidaba del conde, y era la primera persona del castillo, junto a Grace, en levantarse cada mañana. Al final, no dormía más de cuatro o cinco horas cada día, y la falta de descanso empezaba a pesarle.

—Va a caer enferma, milady —le había advertido aquella misma mañana la señora Smith, y ella no lo pudo negar.

—Mañana hará una semana que llegamos a Greyswood. Tenemos que encontrar la forma de ir al pueblo y averiguar cuándo saldrá el próximo barco —respondió.

Aquello pareció tranquilizar un poco a Agnes, y Elisabeth se preguntó si habrían logrado reunir ya el suficiente dinero para irse.

En ello se encontraba pensando un poco más tarde, al tiempo que barría las cenizas del comedor, cuando la señora Carlton irrumpió en la habitación.

—Mary, el señor te reclama. Corre.

Elisabeth se levantó de un salto y se limpió las manos en el delantal mientras preguntaba con preocupación:

—¿Le ha ocurrido algo?

—No lo sé, niña. Solo sé que te requiere de inmediato.

Elisabeth fue consciente de que llevaba el uniforme de limpiar, el delantal sucio y la pañoleta en lugar de la cofia. La señora Carlton pareció entenderla.

—Corre; ya te cambiarás luego. Además, no creo que el pobre hombre note la diferencia en tu aspecto, dado su estado.

Elisabeth asintió y echó a correr escaleras arriba, recogiéndose el vestido para no tropezar. La situación debía de ser crítica si hasta la señora Carlton había decidido dejar las formalidades a un lado.

Llegó a la habitación casi sin resuello y llamó a la puerta. El lacayo abrió de inmediato y la apremió a pasar.

El conde estaba en medio de la habitación dando vueltas, descalzo y en batín.

—Milord...

Con un par de largas zancadas, el conde se acercó hasta Elisabeth y, cuando parecía que iba a decir algo sumamente importante, su gesto se contrajo y preguntó:

—¿A qué diablos huele?

Los ojos de Elisabeth se abrieron como platos.

—Creo que a hollín, milord. Yo... Estaba limpiando las chimeneas.

Robert se aproximó aún más a la joven y bajó su cabeza hasta rozarle sin querer el cuello con la nariz. Elisabeth inspiró de golpe al sentir las cosquillas sobre su piel.

—¿Hollín? —susurró Robert contra el cuello de la muchacha, creyendo reconocer un lejano aroma a flores detrás del fuerte olor del humo.

Sentir el aliento del conde acariciarle la piel hizo que Elisabeth inclinara levemente la cabeza hacia el lado contrario al de su contacto, provocando que un rebelde mechón de su pelo se liberara de la pañoleta, rozando la mano de él.

Robert tomó el cabello de la joven entre sus dedos y se lo llevó instintivamente a los labios, deleitándose en su sedoso tacto. Recordó la sugerencia que le había hecho su hermano acerca de tomar a Mary como su amante, y en ese momento estuvo tentado de envolver su rostro entre sus manos y besarla hasta que fuera suya.

Haciendo uso de toda su fuerza de voluntad, Robert separó su excitado cuerpo del de la chiquilla y dio un paso atrás.

Elisabeth soltó de golpe el aire que había tomado un instante antes. No podía pensar con claridad. Miró al conde y vio que él también parecía confundido.

Se concentró en tomar y expulsar aire varias veces, hasta que finalmente logró decir:

—¿Me buscaba, milord?

Robert no sabía lo que le había sucedido. De repente, su cerebro parecía haberse olvidado de su cuerpo y este del mundo, y solo quedaban Mary y su aroma embriagador. El deseo le había llegado de una forma tan arrolladora que no había podido reaccionar. Nunca le había sucedido algo así; cuando se había aproximado a una mujer, siempre había tenido claro cuál era su objetivo con ello.

—Sí, la buscaba —respondió, tratando de recordar por qué la había mandado llamar—. Los libros de mi mesita de noche... Mary, ¿sabe usted leer?

Elisabeth sintió que toda la sangre que había fluido caliente por su cuerpo instantes antes se congelaba. ¡Qué estúpida! Cegada por su enojo, la noche anterior le había leído al conde los títulos de los libros que tenía en su habitación.

—Sí, milord —dijo, pensando rápidamente en cómo iba a justificar aquello.

—¿Por qué?

—Mi padre me enseñó, milord. Él era... maestro —improvisó ella.

Robert trató de ordenar sus ideas.

—¿Y qué hace la hija de un maestro trabajando de moza en un castillo?

—Él falleció recientemente, milord. Y no me dejó ninguna herencia.

—¿No le dejó nada? ¿Y no tiene usted hermanos?

Elisabeth pensó en Sebastian, y también en Olivia y en la pequeña Amy. El corazón se le ablandó al recordar a sus hermanas menores. Debían de estar muy preocupadas por ella.

—No, milord —negó, sintiendo que las traicionaba.

—¿Y en qué se gastó el dinero su padre, si se puede saber?

Robert estaba furioso. Un hombre debía mirar siempre por su familia. Y si tenía una hija, debía asegurarse de proporcionarle una dote y buscarle un pretendiente adecuado.

—Hizo malas inversiones, milord.

La mente de Elisabeth trabajaba a toda prisa. El conde parecía enfadado y esperaba que no fuera porque su historia no le terminaba de encajar.

—¿Cuántos años tiene, Mary?

—Diecinueve, milord.

Diecinueve años. Robert pensó que a esa edad la hija de un maestro ya tendría que estar casada. Si se hubiera tratado de una joven noble, como su hermana Diana, aún podría disfrutar de alguna temporada más, pero también se encontraría a punto de desposarse. Pero Mary no tenía dote, y por lo tanto su destino no sería tan fácil.

Se volteó para dirigirse a su sillón y la muchacha corrió a ayudarle.

—¿Por qué no me dijo que sabía leer cuando le pedí que buscara a alguien que lo hiciera? —preguntó él cuando se hubo sentado.

—Me pidió que buscara a un lacayo que supiera

leer, milord. No creí que yo le pudiera ayudar —respondió ella, tratando de parecer inocente.

—¿Y por qué estaba limpiando las chimeneas esta mañana?

—Porque ese es mi trabajo, milord.

—No —respondió él algo brusco—. Usted trabaja conmigo. Creía que al menos en eso sí había sido lo bastante claro.

Robert sentía una gran frustración, pero entonces pensó en la difícil situación de la muchacha. Había perdido a sus padres, no tenía nada en el mundo y había ido a parar a un castillo donde la explotaban de sol a sol. Diablos, ya no iba a ser capaz de deshacerse de ella nunca.

—En fin... —dijo, rindiéndose a la evidencia—. Ya que sabe leer, podrá ayudarme con los planos.

Elisabeth asintió aliviada; el conde no la había descubierto.

—Así podremos liberar al pobre Wilson. Pero, antes de ello, me vendría bien tomar un poco el aire —añadió.

Seguía preocupadamente acalorado.

—Claro, milord. —Elisabeth se alegró de que por fin el conde se decidiera a salir—. Le dejaré solo para que se vista.

Robert se sorprendió; se había olvidado de que todavía llevaba puestos el camisón y el batín.

—Muy bien —dijo—. Y no olvide traer el hielo cuando vuelva.

Al salir de la habitación, Elisabeth se cruzó con lord William, que se dirigía a despedirse de su hermano antes de partir hacia Londres.

—Señorita Mary, qué placer volver a verla.

—Milord. —Mary se inclinó ante él.

—Me marcho a Londres, el deber me reclama. Pero espero volverla a ver muy pronto.

Elisabeth no dijo nada. Era sorprendente ver el trato que algunos hombres de su clase dispensaban a las mujeres que trabajaban para ellos.

—Cuide bien de mi hermano —pidió—. Él sabrá agradecérselo.

—Lo haré, milord —aseguró Elisabeth sin atreverse a mirarle a los ojos. Ya sabía lo que iba a encontrar allí.

William dejó escapar a la inocente doncella y entró en la habitación de su hermano.

—Hermano —saludó—. Me temo que ha llegado el momento de abandonarte.

Robert estaba sentado en su sillón, todavía en batín y sin arreglar. William miró hacia la puerta pensando en Mary y sonrió.

—Espero que encuentres buenos entretenimientos en mi ausencia —le deseó.

—Y tú procura distraer a nuestra madre; lo último que necesito ahora es que se presente aquí.

—Tarde o temprano se enterará —replicó William.

—En ese caso, mejor que sea tarde. Preferiría al menos tener claro si volveré a ver antes de tener que darle explicaciones.

Los hermanos se quedaron en silencio.

—Will, si no recupero la vista...

—Lo harás, Robert. Por Dios que lo harás.

—William —insistió Robert—. Si no la recuperara, he decidido que renunciaré a mis derechos sobre Greyswood.

El tiempo pareció detenerse. William no podía creer lo que acababa de oír.

—No digas eso, hermano. Tú amas estas tierras más que nadie en el mundo, mucho más que yo, y no te negaré que lo hago. Y naciste preparado para tomar el mando, algo que sabes bien que a mí me queda grande.

—Tú no sabes lo que es tener la sensación de que te falta la mitad de la información de todo, Will. La inseguridad que da no leer en los rostros de los demás lo que están pensando, o de distinguir si te están engañando.

—Yo estaría aquí para ayudarte y te rodearías de gente de confianza. El personal de Greyswood te respeta, e incluso me atrevería a decir que te aprecia. Nunca te tratarían de engañar.

—No lo sé...

—Sí que lo sabes. Date un tiempo para adaptarte, pase lo que pase. Yo acataré la decisión que tomes, sea cual sea esta. Pero solo te pido que te asegures primero de qué es lo mejor para todos y, especialmente, para el ducado.

Robert se puso de pie e invitó a su hermano a acercarse.

—Ve con cuidado, hermano. Y cuídate mucho.

—Tú también, Robert. Volveré en dos semanas a buscarte y te llevaré de regreso a Londres para que los médicos nos den su dictamen.

Robert asintió y, tras abrazar a su hermano, lo dejó ir.

Elisabeth regresó un poco más tarde a la habitación, con el uniforme ya limpio y el hielo preparado. Mientras se lo aplicaba al conde, este le pareció meditabundo. Cuando terminó, el conde le pidió que tomara uno de los libros que había en su habitación y se dirigieron con él hacia los jardines.

El día estaba nublado y Elisabeth se dijo que así sería mejor para los ojos del conde.

Recorrieron cogidos del brazo los caminos de tierra que atravesaban el jardín, de forma que el conde pudiera estirar un poco sus entumecidos miembros. Él vestido con sus elegantes prendas y ella con su sencillo uniforme negro, formaban una pareja de lo más desequilibrada.

Caminaron durante un buen rato. Elisabeth pensó que el hombre debía de echar en falta el poder hacer un poco más de ejercicio. A lo lejos se veían las cuadras.

—¿Quiere que vayamos a ver a los caballos, milord? —preguntó.

—Otro día —dijo el conde—. Ahora sentémonos y muéstreme cómo lee.

Se sentaron en un banco de piedra, alejados de la casa, rodeados de vegetación. La mañana era fresca, aunque no tanto como para obligarlos a buscar refugio en el castillo. La brisa hacía sonar las hojas de las plantas del jardín y los pájaros piaban y revoloteaban buscando alimento.

Elisabeth abrió la novela de Goldsmith y comenzó a leer. Robert se acomodó junto a ella y se dispuso a escuchar su melodiosa voz. Leía muy bien, se diría que a la perfección. Robert se preguntó qué otras habilidades extrañas para una moza tendría aquella mujer. Hubiera sido una digna esposa para algún médico o algún maestro como su padre. Se preguntó qué sería de ella ahora que había quedado abandonada a su suerte.

Decidió que la dejaría quedarse en Greyswood. Si él recuperaba la vista, le pediría a la señora Carlton que le buscara algún trabajo más apropiado para ella, tal vez como primera doncella; y si no lo hacía, continuaría por un tiempo a su servicio y luego ya se vería. Y en cualquiera de los dos casos, además de protegerla, había decidido que también haría de ella su amante. Aunque no hubiera podido ver su rostro, el episodio que habían vivido en su cuarto y las sensaciones que le recorrían cuando se entregaba a los cuidados de la muchacha indicaban que entre ellos había cierta conexión, y su experiencia le decía que al final eso era más importante que tener a la mujer más bella del mundo entre sus brazos. Además, los entretenimientos amatorios le mantendrían distraído y canalizarían su energía de una forma sana y satisfactoria. Tenía que convencer a Mary de que, dada su situación, convertirse en la querida de un hombre poderoso como él era su mejor opción.

Cuando finalizó el capítulo que estaba leyendo, Elisabeth entornó el libro y miró al conde. Parecía distraído.

—¿Quiere que continúe, milord?

Robert negó.

—¿Desearía que fuéramos a ver los planos de la rueda, entonces?

Robert volvió a negar y se obligó a dejar de pensar en cómo seducir a la criada.

—Los planos no me preocupan. Debo revisar las medidas, pero creo que no me costará demasiado hacerlo con su ayuda. Lo que me inquieta es averiguar cómo voy a ser capaz de trasladar toda esa información a los hombres que deberán construir la rueda después, de forma que esta vez no haya errores.

Robert había pensado en hacer una maqueta, pero, dada su invalidez, no sabía si sería capaz de ello, ni tenía muy claro si aquello solucionaría el problema.

Elisabeth comprendió. Miró los jardines a su alrededor y recordó la curiosa manera en la que su madre indicaba a los jardineros dónde quería colocar cada planta: las numeraba.

—Tal vez podría numerar las piezas de la rueda, milord —sugirió.

El conde permaneció en silencio. Sospechaba que el fallo en el montaje de la rueda se debía a que los hombres que lo habían hecho habían colocado algunas de las tablas destinadas a los radios como traviesas de sujeción. Numerar los maderos como decía Mary podía evitar aquel error.

Robert sonrió. Al parecer, acababa de descubrir otra de las valiosas habilidades de la hija del maestro.

—De acuerdo —aceptó—. Construiremos una maqueta y marcaremos las piezas, de forma que a los arrendatarios les resulte más fácil su colocación. Ahora solo nos falta conseguir los materiales para ello.

—Yo puedo ir mañana al pueblo, milord —se ofreció Elisabeth, viendo ante sí la oportunidad de averiguar cuándo partiría el próximo barco hacia Europa. Su corazón se aceleró solo de pensarlo.

—Está bien —respondió Robert—. Más tarde le dictaré una lista con los materiales que vamos a necesitar.

—De acuerdo, milord.

—Se llevará mi carruaje. Y pídale a alguien que la acompañe.

—Está bien, milord —respondió Elisabeth, a quien le agradó sentir que el conde se preocupaba por su bienestar.

La pareja regresó al castillo ilusionada, aunque cada uno por motivos bien distintos. Robert creía que iba a poder avanzar con la rueda y aquello era una forma de demostrar a los demás, y sobre todo a sí mismo, que seguía siendo muy capaz. Y luego estaba el asunto de Mary; un reto que le había dado otra poderosa razón para seguir adelante.

Elisabeth, por su parte, acababa de vislumbrar una salida a su situación. Pronto la señora Smith y ella podrían embarcarse y empezar, al fin, una nueva vida.

Al atravesar la gran puerta de la fortaleza, el mayordomo le anunció al conde la visita de sir Archibald Geynor. Robert suspiró.

—Acompáñeme hasta allí —le pidió a Elisabeth.

Cuando entraron en el salón, Elisabeth divisó a un hombre sentado entre dos de los sillones que había en la sala. Tenía las piernas cubiertas por una manta de seda de vivos colores y no se levantó para saludar al conde.

—¿Archy? —preguntó Robert para tratar de ubicar a su amigo por el sonido de su voz.

—Robert —respondió este mientras estudiaba con atención a la pareja que acababa de aparecer en la habitación.

Mientras Elisabeth acomodaba al conde, podía sentir la mirada del otro hombre sobre ella. Pero diría que esta era una mirada apreciativa, no el oscuro y libidinoso escrutinio al que la había sometido el hermano del conde.

—Mary, déjenos solos, por favor. Y pida que nos traigan un poco de té —pidió Robert.

Elisabeth echó un vistazo al juego de té que había al lado de sir Archibald y cruzó su mirada con este, que le indicó con una amable sonrisa que se marchara.

—¿Debo entender que ya tienes lazarillo? —preguntó Archy en cuanto Elisabeth se hubo ido.

—Harías bien en hacerlo —bromeó Robert.

—¿Y también que te acuestas con ella? —añadió Archibald.

—¡No! —se impacientó Robert—. ¿Por qué os ha dado a todos por pensar semejante cosa?

—¿A todos?

—William estuvo aquí ayer.

—No ha tardado mucho en venir a verte —señaló Archibald, extrañado.

Conocía bien a Robert, y que este no le hubiera querido contar lo que le había sucedido a su vista le hacía sospechar que se había lastimado haciendo algo que no debía. Y, generalmente, cuando Robert hacía algo irregular, su hermano William solía estar detrás.

Robert suspiró. William y él eran amigos de Archy desde la infancia. Los dos hermanos habían corrido a Greyswood en cuanto supieron de su accidente, y no se habían separado de su lado en aquellos terribles primeros momentos. Y Archibald siempre les había correspondido a ellos con la misma fidelidad.

—Tomé su lugar en un duelo —confesó, de corrido.

—¿En un duelo por qué?

—Por una mujer —respondió Robert negando con la cabeza, como si no quisiera profundizar mucho en su explicación—. Un marido ultrajado.

Robert sabía que Archibald guardaba silencio para no hacerle un reproche a su hermano.

—Will estaba muy borracho, no podía permitir que se presentara en ese estado —le justificó—. Le hubieran matado.

Archibald sentía crecer en su interior una gran rabia por su amigo.

—Tu contrincante debía de ser un gran tirador para ganarte.

—Qué va —resopló Robert—, no lo es. Pero me falló el arma.

—¿Quién la preparó?

—Trelawny.

Aquel nombre borró todo rastro de duda que Archibald pudiera tener sobre la correcta preparación del arma de Robert. A pesar de sus inciertos orígenes, sir Declan Trelawny era un hombre de honor intachable. Él también le habría elegido como padrino si hubiera tenido que enfrentarse con alguien en un duelo.

Archibald decidió dejar de buscar culpables para el accidente de su amigo. Probablemente el propio Robert fuera el único, igual que lo había sido él cuando su caballo le hizo volar por los aires mucho tiempo atrás.

—¿Y has notado alguna mejoría en tu estado? —preguntó, cambiando de tema—. En tu ánimo puedo ver que sí.

—Va por días. Hoy, por ejemplo, no he sentido molestia alguna.

—Será por el paseo que te has dado con esa muchacha.

Robert no dijo nada.

—¿Seguro que no tienes nada con ella?

Robert negó, pero a su amigo no le resultó muy convincente.

—Me parece que no me expliqué muy bien el otro día —insistió.

—Te explicaste perfectamente.

—¿Sí? ¿Y estás manteniendo la distancia con ella?

Robert recordó la escena de su habitación; el olor de la piel de Mary y el suave tacto de su cabello.

—No es tan sencillo, Archy.

Archibald resopló.

—La muchacha es huérfana. Su padre era un maestro que murió sin dejarle nada. Está perdida y sola... ¿Cómo iba yo a saber todo eso cuando la elegí?

—No tenías que haberlo sabido ni antes ni después, mi buen amigo.

Ambos hombres se mantuvieron en silencio.

Archibald procuró calmarse. No había ido hasta allí para sermonear a su amigo. Y lo cierto era que le había encontrado francamente mejor que unos días atrás, y si aquello se debía a la joven doncella, bienvenido fuera. Además, si Dios estaba de su parte, que más le valía estarlo, la ceguera de Robert tenía los días contados.

—Es agradable —reconoció a regañadientes, despertando el interés de Robert.

—¿Mary? Will dijo que era deliciosa.

Archibald rio.

—A tu hermano le parece delicioso todo lo que lleve faldas. Hasta esta horrible manta que cubre mis piernas le llamaría la atención.

En esa ocasión fue Robert el que no pudo contener la risa.

—Francamente, amigo, la chiquilla ha hecho un milagro contigo —admitió sir Archibald—. Te deseo la mejor de las suertes en los planes que tengas para ella. Al fin y al cabo, si la pobre huérfana no tiene a dónde ir a parar, qué mejor lugar que al cálido lecho de un conde...

Capítulo 9

Al día siguiente, justo una semana después de su llegada al castillo, el palafrenero Johnny llevó a Elisabeth y a la señora Smith al pueblo de Greyswood con el fin de que compraran los materiales que el conde iba a necesitar para elaborar su maqueta.

El cielo estaba cubierto, pero la oportunidad de romper su rutina en el castillo hizo que el ánimo de ambas mujeres se alegrara. También había ayudado el hecho de que el conde hubiera dejado claro la noche anterior que Elisabeth no debía ocuparse más de las chimeneas del castillo y que se levantaría, como el resto de los empleados del servicio, poco antes del pase de revista del señor Wilson.

Aquellas órdenes fueron recibidas con suspicacia por parte de los compañeros de Elisabeth, y alguna doncella se atrevió incluso a decirle con oscuras intenciones:

—Parece que tus atenciones hacia el conde comienzan a dar sus frutos.

Elisabeth no supo qué responder.

—Y en solo una semana. Nunca lo hubiera imaginado —añadió otra.

—Dejadla en paz —la defendió Grace—. En esta semana Mary ha hecho más por el conde que vosotras en toda su vida.

—Sí que ha debido de hacer, sí —respondió mordazmente la doncella que había hecho el primer comentario, provocando las risas de las demás.

La señora Smith se mostró muy disgustada por aquellos chismorreos y a Elisabeth le preocupó estar llamando demasiado la atención. Todo aquello no hizo más que aumentar su impaciencia por ir al pueblo y aclarar su situación.

La aldea de Greyswood no tenía más de veinte casas y algunas granjas algo apartadas del núcleo central. Johnny dirigió el carruaje hacia la única tienda que había en el pueblo y que, según él, tenía casi de todo. El dependiente, un hombre ya mayor, se mostró muy dispuesto a ayudarlas en cuanto vio el emblema del ducado en el carruaje que las había llevado hasta allí.

—Clavos, martillo y cola de pegar. Las tablillas que me ha descrito se las puede facilitar el carpintero.

—Está bien, muchas gracias —respondió Elisabeth con amabilidad.

—¿Eso es todo, entonces?

—Sí, señor.

Elisabeth le pidió al hombre que hiciera llegar la cuenta al castillo. Después, la señora Smith y ella caminaron hasta la carpintería, donde Elisabeth le describió a un muchacho joven y fornido cómo eran las tablas que necesitaba el conde. Este le dijo que tardaría unos minutos en tenerlas listas, y Elisabeth le sugirió a la señora Smith que aprovecharan ese tiempo para acercarse a la Posada del Ciervo a preguntar por los barcos. Fueron en busca de Johnny para que las acompañara a cambio de una sopa caliente. El chiquillo se mostró encantado.

En la posada, la tabernera y su hija saludaron a Johnny con cierta familiaridad. La primera reconoció también a Elisabeth y a la señora Smith.

—Ustedes por aquí otra vez —les dijo.

—Sí, venimos a almorzar —la saludó Elisabeth.

—¿Están trabajando en el castillo? —quiso saber la mujer.

—Sí, señora. Al menos de momento —añadió Elisabeth, deseosa de introducir el asunto de los pasajes a Europa.

—Pues a ver si duran algo más que las últimas doncellas —replicó la mujer antes de marcharse hacia la barra.

Su hija permaneció junto a la mesa, sin quitarle ojo al mozo de cuadras.

—Molly —la saludó este.

—Johnny —respondió ella, agachándose levemente sobre la mesa con el fin de mostrarle al muchacho sus encantos—. Hacía tiempo que no te dejabas caer por aquí. ¿Qué tal la vida en el castillo? Imagino que estarás muy ocupado, ahora que os visita el conde.

La señora Smith le dirigió una mirada a Elisabeth, mostrando su desaprobación por el comportamiento de aquella muchacha.

—Tenemos mucho trabajo, sí —respondió Johnny, algo incómodo.

—Dicen las malas lenguas que el hijo del duque ha perdido la visión.

Los tres empleados de Greyswood intercambiaron miradas.

—No hay que hacer caso a las malas lenguas. —Elisabeth salió en defensa de su señor—. El conde solo necesita un poco de reposo.

Molly le dirigió una mirada despectiva y volvió a centrar su atención en Johnny, acentuando el tono empalagoso de su voz.

—Al parecer, participó en un duelo.

—Los duelos están prohibidos —intervino de nuevo Elisabeth.

—Hay muchas cosas prohibidas, querida, y no por eso se dejan de hacer —afirmó la otra con malicia antes de guiñarle un ojo al palafrenero, quien se ruborizó de inmediato.

—Tal vez sea usted tan amable de traernos un poco de sopa, joven —intervino la señora Smith, sin disimular su enojo.

La muchacha se incorporó y, arreglándose el escote con descaro, se dirigió hacia la cocina.

—Qué grosera —exclamó Agnes en cuanto la chica desapareció.

Johnny agachó la cabeza.

Aparte de ellos, en la posada solo había una pareja de hombres jugando a los naipes en una mesa algo apartada y un viajante que apuraba una cerveza junto a la barra. La tabernera estaba frente a él, limpiando unas jarras mientras le daba conversación. Elisabeth pensó que aquel era un buen momento para acercarse a ella.

—Disculpe —dijo, situándose al lado del viajante—. ¿No tendrá conocimiento de cuándo salen los próximos barcos hacia Francia?

—¿Y para qué quiere usted saber eso? —preguntó a su vez la posadera.

El hombre que estaba con ella posó su cerveza sobre la barra mientras estudiaba a Elisabeth con detenimiento.

—Casi cada día zarpa un barco de carga o algún pesquero desde Portsmouth, muchacha. Solo tendrá que averiguar si tienen sitio para una chica bonita como usted. Si quiere, yo mismo podría escoltarla hasta allí y ayudarla con los trámites necesarios para embarcar.

Elisabeth miró al hombre, tratando de disimular la aversión que le producía su boca ennegrecida.

—Yo... no lo pregunto por mí. Es para mi tía —logró improvisar, dirigiendo un rápido gesto hacia la señora Smith.

Su acompañante miró hacia donde estaba señalando Elisabeth e hizo una mueca de disgusto.

—Pues esa tendrá que cuidarse sola —dijo, provocando la risa de la posadera.

Elisabeth contuvo su respuesta. Todavía le quedaba algo que necesitaba averiguar.

—¿Y sabe cuánto puede costar un pasaje en uno de esos barcos?

—No tengo ni idea, pero imagino que no más de dos o tres chelines.

Elisabeth se quedó asombrada. Tenían mucho más que seis chelines. Entre el dinero que le había prestado la señora Smith y el que ella había logrado reunir sumarían cerca de una docena de libras. Era cierto que les iban a hacer mucha falta para mantenerse durante los primeros días en el extranjero, pero sin duda podían permitirse gastar lo que costaba el pasaje para llegar hasta allí.

Elisabeth miró de nuevo hacia Agnes y sonrió. Ya solo les quedaba encontrar el momento más adecuado para retomar su huida.

Tras agradecerle al hombre la información que le había dado, volvió a su mesa.

—Voy a acercarme un momento a la tienda —anunció la señora Smith al verla y, tras apurar su caldo, añadió—: Me reuniré con vosotros en la carpintería.

Elisabeth asintió divertida. Parecía que la señora Smith se había acostumbrado rápido a no rendirle cuentas a nadie. Cuando se hubo ido, Elisabeth decidió aprovechar el momento para averiguar cuáles eran las intenciones del enamorado de Grace.

—Parece que la hija de la posadera te ha echado el ojo —dijo.

Las imberbes mejillas de Johnny tomaron un tono encarnado. Mirándole, Elisabeth recordó el rostro del conde, más áspero de lo que se adivinaba el de Johnny, y oscurecido por el vello a última hora del día. La imagen hizo que sus entrañas se contrajeran y que no se diera cuenta de que el mozo de cuadras había empezado a hablar.

—Crecimos juntos, en este pueblo. Nos pasábamos el día trepando a los árboles y haciendo travesuras. Todos pensaron siempre que acabaríamos juntos. Pero, hace dos años, Grace llegó al castillo.

Elisabeth sonrió levemente, animándole a seguir.

—Era tan diferente a Molly... Cuando su tío, el señor Wilson, la trajo con él tras morir su madre, Grace no hablaba con nadie. Iba siempre abrazada a una muñeca de trapo, y la encontrábamos escondida en los lugares más insospechados. Una de aquellas veces dio a parar a las cuadras. La localicé por su llanto. La muñeca se le había roto.

La mirada de Johnny era la más dulce que Elisabeth había visto jamás.

—Le prometí arreglársela si a cambio me decía su nombre. Dudó durante un buen rato, pero al final aceptó. Poco a poco fuimos haciéndonos amigos.

El chico se encogió de hombros, como si aquello fuera todo. Pero Elisabeth no se iba a dar por satisfecha solo con eso.

—¿Y eso cambió tu afecto por Molly?

Johnny sonrió con timidez.

—Eso lo cambió todo —admitió.

—Deberías decírselo; ella también te aprecia mucho.

Johnny negó.

—No tengo nada que ofrecerle.

—Tienes lo único que debería importar —replicó Elisabeth, pensando en su propia situación y en el horrible destino del que estaba tratando de escapar—. Podríamos hablar con el señor Wilson. Tal vez haya alguna casa en la que podáis estableceros y seguir trabajando para el castillo.

Johnny no parecía muy convencido.

—Lo trataré con la señora Arnold mejor. Seguro que ella nos ayudará —insistió Elisabeth—. Pero antes tienes que decirle a Grace lo que sientes por ella.

Al tiempo que Elisabeth le decía esto a Johnny, a pocos metros de allí la señora Smith le hacía entrega al tendero de Greyswood de una carta. Esta no tenía remitente, tal y como Elisabeth le había dicho que podrían enviarlas cuando llegaran a Europa, después de que ella le trasladara la inquietud que le producía perder para siempre el contacto con sus compañeros de Loseley Park, la única familia que había conocido. La señora Smith había creído que si iban a poder enviar alguna carta cuando estuvieran en Francia, bien podría hacerlo antes y tranquilizar de una vez a sus amigos.

Pocos minutos más tarde, se reunieron todos de nuevo en la carpintería, donde Johnny ayudó a las mujeres a cargar todo el material que habían comprado en el carruaje. Tras ello, emprendieron el camino de regreso al castillo.

—¿Ha encontrado lo que buscaba en la tienda? —le preguntó Elisabeth a la señora Smith.

—No. Quería ver si tenían una cinta bonita para su vestido azul, pero no la encontré.

—No debemos gastar más dinero del estrictamente necesario, Agnes —la reprendió Elisabeth—. Ya nos encargaremos de esas cosas cuando nos establezcamos en nuestro nuevo destino.

La señora Smith volvió la vista hacia la ventana, sin decir nada.

—Algo que espero que suceda pronto —añadió Elisabeth con voz misteriosa—. Por lo que he podido averiguar hoy, con lo que nos paguen en Greyswood tendremos dinero de sobra para zarpar.

—Entonces, ¿cuándo nos vamos? —preguntó la señora Smith, visiblemente nerviosa.

—Pronto —le aseguró Elisabeth—. Pero hay un asunto del que debo encargarme antes.

Elisabeth estaba pensando en ayudar a Grace y a Johnny, pero la señora Smith confundió sus motivos.

—Debería mantenerse alejada del conde hasta que nos vayamos. Y dejar de defenderle en público como lo ha hecho hoy. Las habladurías no tardarán en llegar al pueblo.

Esta vez fue Elisabeth la que volvió su mirada hacia la ventana del carruaje, desde donde observó en silencio cómo se acercaban al grandioso castillo de Greyswood.

Esa tarde, Elisabeth fue a ver al conde.

—¿Cómo se encuentra, milord? —preguntó al entrar en su habitación.

Llevaba consigo un ramo de flores que había cogido del jardín para alegrar un poco la estancia.

—Rosas, lirios y... —trató de adivinar Robert.

—Peonías —completó ella, mientras colocaba las flores en un jarrón.

—Parece que ha pasado una buena mañana.

—Sí, milord. Podría decirse que esta ha sido fructífera.

—¿Encontró todos los materiales que le pedí?

—Todos, milord.

Robert pensó que la moza sonaba muy alegre esa tarde. El paseo le había sentado bien.

—¿Quién la acompañó al pueblo?

—La señora Smith y Johnny, milord.

—¿Johnny? ¿El mozo de cuadras?

—Sí, milord.

Robert conocía a aquel chico desde que no levantaba un palmo del suelo. Le gustaba mucho trabajar con los caballos y Robert recordaba haberle subido a su montura con él en varias ocasiones.

—Es un buen chico, Johnny —observó, pensando si la alegría de la muchacha no guardaría relación con el palafrenero.

—Sí que lo es, milord —respondió Elisabeth con energía, viendo ante sí la ocasión de interceder a favor del amigo de Grace—. Es muy amable, y muy responsable con su trabajo.

—¿Se mostró amable con usted? —inquirió Robert, mientras la sospecha seguía creciendo en él.

—Oh, mucho, milord. Nos llevó las compras y cargó las tablillas de la carpintería en el carruaje. Estuvo muy atento en todo momento.

—Muy atento...

—Mucho, milord —aseguró Elisabeth, sin darse cuenta de lo que rondaba por la mente del conde—. Se ve que el chico se ha convertido en un hombre y desea buscar algo de independencia.

—¿Independencia?

—Para formar su propia familia, milord —aclaró ella, sin poder evitar sonrojarse.

Así que el pequeño Johnny era ya todo un hombre y estaba buscando una mujer, se dijo Robert. Y justo cuando Mary había llegado al castillo. Tendría que seguir aquel asunto de cerca.

—He pedido que nos preparen una habitación en lo alto del castillo, para poder trabajar en la maqueta con tranquilidad —anunció, aparcando temporalmente el asunto del palafrenero.

Elisabeth recordó las palabras de la señora Smith acerca de pasar demasiado tiempo a solas con el conde.

—¿Y no preferiría que trabajásemos en la biblioteca, milord?

—No. Necesitamos espacio y así dejaremos la biblioteca libre por si necesito utilizarla. Además, la luz de ese cuarto es muy buena; déjeme que se lo muestre.

El conde se puso de pie y Elisabeth se acercó a él para dejar que la tomara del brazo.

Atravesaron juntos el pasillo hasta dar con una escalera, mucho más estrecha que la principal, que los guio hacia el último piso del edificio.

—Esta planta fue añadida varios siglos después de que se construyera el castillo. Al parecer, por algún duque amante del arte.

Las paredes estaban, efectivamente, llenas de cuadros, muchos de ellos retratos de la familia del conde.

Elisabeth ralentizó sus pasos sin darse cuenta hasta casi detenerse frente a la imagen de un hombre imponente que parecía ataviado para ir a la guerra. Tenía la misma nariz recta del conde y sus mismos labios, más finos que los de su hermano William. Los ojos del guerrero, sin embargo, eran tan negros y fieros como los de este. Elisabeth estudió a Robert, preguntándose de nuevo si su mirada tendría también ese aspecto, y este pareció notar que se había vuelto hacia él.

—¿No estará tratando de imaginar lo que esconde mi vendaje, Mary? —preguntó, inclinándose hacia ella.

Elisabeth dio un paso hacia atrás y se dio cuenta de que no los había acompañado ningún lacayo. Estaban completamente solos.

—Claro que no, milord —respondió y, con el corazón galopándole en el pecho, hizo avanzar de nuevo al hombre por el pasillo.

—*Et, voilà* —dijo este cuando finalmente alcanzaron la última puerta, adelantándose a ella para abrirla.

La habitación era impresionante. Ocupaba todo el lateral del castillo y estaba rodeada por una gran cristalera que hacía las veces de mirador. Frente a él se desplegaban los interminables terrenos de Greyswood.

En el centro de la sala había una mesa de madera donde ya los esperaban las tablillas y los otros materiales que Elisabeth había ido a buscar aquella mañana al pueblo.

—¿Qué le parece? ¿Le gusta?

Elisabeth asintió.

—Aquí tendremos buena luz durante todo el día y podremos disfrutar de algo de intimidad.

El conde le hizo rodear la mesa hasta quedarse los dos situados frente a la cristalera, junto a los dos únicos asientos que había en la sala.

—¿No nos acompañará un lacayo mientras trabajamos, milord? —preguntó Elisabeth temerosa.

—¿Un lacayo? ¿Para qué?

—Por si necesitamos algo.

Robert detectó la duda en la voz de la criada.

—¿Sucede algo, Mary? —preguntó, sin soltar su brazo.

—Temo que el servicio empiece a murmurar, milord —confesó Elisabeth, pensando en lo que ya decían de ella.

—¿A murmurar?

Robert trataba de hacerla hablar. Si Mary estaba dispuesta a acercarse íntimamente a él, debía darle pie a que le diera alguna pista sobre ello.

—A murmurar acerca de nosotros, milord —dijo ella en un susurro.

Robert acarició su brazo con el pulgar.

—¿Y tan malo sería eso, Mary?

Elisabeth podía sentir el calor del cuerpo del conde a su lado. Advirtió cómo se le aceleraba la respiración.

Robert acercó la mano que tenía libre al rostro de ella y la acarició dulcemente, rozando la comisura de sus labios. Era tan suave...

—¿Sería tan malo que hablaran de algo que no existe? —matizó, para tranquilizarla.

Qué difícil resultaba tratar de conquistar a una mujer sin ver lo que ella sentía, ni poderle dejar a ella leer el deseo en su mirada.

Si solo hacía caso de sus palabras, la chica no parecía muy dispuesta a iniciar una aventura con él. O tal vez fuera que había estado demasiado protegida por su padre, el maestro, como para mostrar lo contrario. Robert se dijo que tendría que esforzarse mucho más para conquistarla, y que aquello iba a exigirle hacer uso de toda su delicadeza.

Decidió aparcar por el momento sus intenciones con la chiquilla y centrarse en tratar de arreglar el asunto del regadío. En primer lugar, le hizo a la moza un resumen de la situación:

—Nuestros arrendatarios se dedican fundamentalmente a la agricultura, para lo que, lógicamente, necesitan agua.

—¿Qué tipo de cultivos trabajan? —preguntó Elisabeth.

—Cereales.

—¿Y puedo preguntar qué tipo de cereales, milord?

—Trigo.

—¿Solo trigo?

—Sí —respondió Robert, preguntándose por primera vez si aquello era lo mejor.

El cultivo del trigo requería un gran consumo de agua. Permaneció en silencio mientras lo meditaba.

—Discúlpeme; no pretendía interrumpirle —se excusó entonces Elisabeth, creyendo que el conde se había detenido en sus explicaciones a causa de sus preguntas.

Robert sonrió.

—No tiene por qué disculparse, Mary. Si va a ser usted mi ayudante, exijo que me interrumpa tantas veces como necesite.

Elisabeth sonrió con él, pero a partir de ese momento procuró limitarse a escuchar cómo el conde describía la disposición de sus tierras, la localización del río y los problemas de producción que tenían los arrendatarios que estaban más lejos de él. Lo hacía con verdadera pasión; se veía que amaba sus tierras.

Más tarde, el conde procedió a explicarle el funcionamiento de la rueda hidráulica. Era un mecanismo bastante simple; una rueda como las que tenían los carruajes, pero sin el aro exterior. En su lugar, al final de cada radio se ubicaban unos cubos que, al ir girando la rueda por el empuje de la corriente, se iban llenando de agua del río y la transportaban hasta lo más alto de la rueda, donde se vaciaban sobre unos tubos que conducían el agua hasta su destino final.

Elisabeth pensó en lo mucho que hubiera disfrutado de aquella conversación su hermano Sebastian, a quien le apasionaba la ingeniería, y que incluso tenía un taller en Londres donde se dedicaba a experimentar con las válvulas y pistones de unas novedosas máquinas que funcionaban con vapor de agua.

—Muy ingenioso. ¿Se le ocurrió a usted, milord? —preguntó cuando el conde finalizó su discurso.

—Me temo que no. —Rio Robert—. Los griegos ya montaban este tipo de artilugios.

—Vaya... —se impresionó Elisabeth—. Qué interesante.

El conde estaba medio recostado en su silla, que había orientado hacia Elisabeth, y tenía un brazo apoyado sobre la mesa. Con esa mano sujetaba una tablilla, que hacía girar entre sus dedos una vez tras otra.

—¿De verdad le parece interesante? —preguntó.

—¿No debería? —replicó ella de manera muy poco protocolaria, provocando que una sonrisa asomara al rostro de él—. Imagino que soy la primera moza con la que se encuentra a la que le interesan estas cosas, milord.

—La primera mujer —matizó él, provocando un cosquilleo en el pecho de Elisabeth.

El conde detuvo su mano en el aire.

—Me encantaría poder ver su rostro en este momento —confesó, con voz grave.

Elisabeth se ruborizó.

—Creo que deberíamos bajar —sugirió con timidez—. Está empezando a anochecer.

—¿De veras? —se sorprendió el conde—. Se me ha
pasado la tarde volando.

—A mí también, milord —reconoció ella con suavidad.

Mientras deshacían el camino hasta el dormitorio
del conde, Elisabeth presintió que algo había cambiado entre ellos. La actitud de él hacia ella era diferente.
Sentía que había una cierta complicidad entre ellos y
pensó tontamente que incluso el leve gesto de llevarle
del brazo había tomado ahora otra trascendencia. Le
hubiera gustado que el conde dijera algo, cualquier
cosa acerca del castillo o de la cena de ese día. Sin embargo, él no abrió la boca hasta que entraron en su
habitación.

—Le dejaré que se prepare para la cena, milord.

Robert asintió.

—No hace falta que traiga el hielo esta noche, Mary
—dijo antes de que ella se fuera, pensando en que se
encontraba mucho mejor—. Pero sí me gustaría que
me leyera un poco antes de acostarme.

Elisabeth contuvo un suspiro; parecía que no se iba
a librar de una nueva regañina de la señora Smith tan
fácilmente.

—Está bien, milord —aceptó, antes de retirarse.

En cuanto Elisabeth entró en la cocina, Grace se
acercó a ella muy nerviosa y la arrastró hasta un lugar
apartado antes de decir:

—He hablado con Johnny. Él... ¡me ha declarado su
amor!

Elisabeth no dio muestras de sorprenderse mucho.

—¿Tú has tenido algo que ver con esto? —sospechó Grace.

—Digamos que le he dado el empujoncito que le faltaba —confesó Elisabeth riendo.

—Oh, Mary, ¡gracias! Estoy tan feliz...

Elisabeth le respondió que ella también se alegraba.

—Me ha dicho que tendremos que hablar con la señora Arnold para que nos ayude a encontrar una solución a nuestro futuro juntos.

—Estoy de acuerdo. Aunque tal vez sea mejor esperar a que el conde vuelva a Londres —razonó Elisabeth, que, tras su conversación con Johnny, había estado reflexionando sobre el asunto—. Ya sabes que la señora Arnold está muy nerviosa estos días.

Grace asintió. Aquello tampoco era lo que más preocupada la tenía.

—Esta noche he quedado en encontrarme con él —confesó, bajando aún más la voz.

Elisabeth pensó en lo que su amiga le había contado acerca de su difunta madre; en lo joven que era cuando la alumbró.

—Ten mucho cuidado, Grace. Es muy importante que hagáis las cosas bien si queréis permanecer en el castillo.

Grace soltó una risita nerviosa.

—No temas, Mary. No creo que Johnny vaya a intentar nada indecoroso. Si ha tardado dos años en declararse, imagínate lo que le puede llevar dar un paso más.

—En cualquier caso, no te confíes —insistió Elisabeth—. A veces pienso que en los asuntos del corazón hay una línea invisible que, una vez que se cruza, no tiene vuelta atrás.

Grace miró a Elisabeth sin comprenderla y esta

temió estarse acercando ella misma peligrosamente a aquella línea con el conde.

Cuando más tarde regresó a la habitación de Robert, Elisabeth lo encontró esperándola en su sillón, cerca del fuego, con una copa en la mano. Estaba en mangas de camisa, con el cuello desabrochado y los reflejos del fuego dibujándose en su piel. Elisabeth sintió el deseo de seguir aquellos destellos con su mano y pensó que ver a aquel hombre en ese estado era una oportunidad extraordinaria que nunca hubiera tenido en su vida como dama de la alta sociedad. Y lo cierto era que no hubiera cambiado esa experiencia por nada.

—Milord, ¿qué desea que le lea? —consiguió decir.

—Continúe con el libro del jardín —dijo este—. Coja una silla y siéntese aquí, a mi lado.

Elisabeth miró a su alrededor y acercó una de las sillas al fuego, dejándola a una distancia prudencial del conde.

—Mary —protestó este—. Aquí.

Señaló un lado de su sillón y Mary se acercó más, resignada.

Comenzó a leer el segundo capítulo de la obra de Goldsmith, aquel en el que el vicario de Wakefield descubría que estaba en la ruina, provocando que el padre de la prometida de su hijo rompiera el compromiso de los muchachos. Y después aquel otro en el que el vicario le decía a su familia que tendrían que dejar a un lado los lujos y comenzar una nueva vida.

—«No, hijos míos, renunciemos desde este momento a toda pretensión de nobleza; nos ha quedado bastante para ser felices, si somos juiciosos y sabemos acomodarnos a las deficiencias de fortuna».

Elisabeth permaneció un momento en silencio, pensando en su propia situación y en lo fácilmente que se había acostumbrado a ella. Tal vez la novedad que la había acompañado los primeros días había ayudado a ello; quizás, pasados los años, se acabaría arrepintiendo de haber renunciado a todo lo que tenía.

—Mary —la llamó el conde, sacándola de sus pensamientos—. ¿Está bien?

Robert no había pensado en la similitud de aquella historia con la del padre de la muchacha. Tal vez no hubiera debido hacer que se la leyera.

—Podemos dejar el libro si le trae recuerdos dolorosos.

Elisabeth pensó que aquel era un bonito detalle por parte del conde.

—Estoy bien —le aseguró.

—Quiero que sepa que tengo intención de ayudarla, Mary. Si recupero la vista, le pediré a la señora Carlton que le busque ocupación como doncella en el castillo, y podríamos vernos cada vez que yo venga a Greyswood.

A Elisabeth le extrañó que el conde mostrara interés en seguir viendo a Mary cuando ya no la necesitara. Aquello sugería que deseaba mantener alguna clase de relación con ella, y desde luego que esta no sería precisamente de amistad.

Con el pulso acelerado y llena de asombro por lo que creía que él estaba sugiriendo, decidió hacer caso omiso de sus palabras y continuar con la lectura.

En el libro, la familia del vicario se veía obligada a mudarse a un nuevo distrito, cuyo señor tenía fama de libertino.

—«Este caballero me fue descrito como persona que del mundo solamente desea conocer los placeres, y que se hacía notar particularmente por su afición al bello sexo. Observó el posadero que no había virtud capaz de resistir a sus artificios y asiduidades, y que difícilmente se encontraría en diez millas a la redonda una hija de granjero que no tuviese que lamentar sus éxitos e infidelidades».

—Es suficiente —la detuvo Robert, sin poder ocultar su sonrisa. Aquel último párrafo parecía escrito a propósito para castigarle por insinuarse a la pobre doncella—. Puede retirarse a descansar, Mary.

—Está bien, milord —respondió Elisabeth, aprovechando que él no podía verla para sonreír ella también.

Capítulo 10

Al día siguiente, el conde le pidió a Elisabeth que se reuniera con él directamente en la habitación del ático. Parecía que no iba a necesitar más dosis de hielo por el momento y, aunque lamentaba perder aquellos momentos tan íntimos con ella, estaba ansioso por empezar con la construcción de la maqueta. Ya encontraría otra excusa para ganarse el favor de Mary más adelante.

También le pidió al lacayo que le había acompañado arriba que se quedara en la habitación, para que ella se sintiera más cómoda, y la esperó de pie, frente al mirador. Cuando la puerta por fin se abrió, anunció con entusiasmo:

—He hecho que trajeran arcilla para modelar el eje de la rueda.

Elisabeth sonrió sorprendida. El conde le recordaba a un niño deseoso de enseñarle a alguien un juguete nuevo, deseoso de enseñárselo a ella. Así como estaba, dando su espalda a la luz, no se distinguían sus vendajes y parecía mucho más joven de lo que era en realidad.

Elisabeth vio que en esa ocasión había un lacayo en la habitación y apreció que el conde hubiera hecho caso de lo que ella le había dicho el día anterior.

El lacayo observaba divertido la escena. Sin duda, nunca habría visto a su patrón comportarse con tanta naturalidad. Elisabeth le dirigió una sonrisa cómplice antes de responder:

—Eso es fantástico, milord. La rueda le quedará muy bien.

—Le quedará muy bien a usted, Mary. Yo solo le voy a indicar cómo hacerla —respondió él mientras tomaba asiento y se remangaba, dispuesto a empezar a trabajar.

Elisabeth se sentó a su lado y durante horas se dedicó a ir haciendo todo lo que él le ordenaba: tomar apuntes, medir tablillas, cortarlas, volver a medir...

A media mañana, Wilson le subió un tentempié al conde. Pareció satisfacerle ver al lacayo con ellos y Elisabeth agradeció de nuevo contar con la presencia del joven.

—Gracias, Wilson. Necesitaremos coger fuerzas, puesto que nos disponemos a construir una obra faraónica —le dijo el conde al mayordomo haciendo gala de un excelente humor.

Wilson miró sorprendido a Elisabeth, quien le devolvió un gesto de entendimiento.

El mayordomo le sirvió el té al conde y este le preguntó a su vez a Elisabeth si no quería ella otro. Ella, consciente de que en la bandeja no había más tazas, respondió:

—No, muchas gracias, milord.

El gesto del señor Wilson se tornó entonces en uno de agradecimiento.

El conde dio un par de sorbos a su té y, al no oír al mayordomo retirarse, preguntó:

—Wilson, ¿desea ayudarnos con la maqueta?

—No, milord —se precipitó a responder este—. Tengo muchas cosas que hacer, aunque, por supuesto, si usted lo requiere...

—Eso me imaginaba —le interrumpió Robert, y Elisabeth tuvo que esconder una sonrisa—. Puede retirarse.

Cuando Wilson se hubo marchado, el conde dijo:

—Es un gran hombre este Wilson, pero la física no es su fuerte.

Elisabeth no pudo contenerse esta vez y una espontánea risa brotó de ella.

—Disculpe, milord —dijo de inmediato.

—No se disculpe, Mary —respondió él sonriendo—. Es el sonido más bonito que he oído jamás.

Elisabeth se sonrojó y miró hacia el lacayo, quien rápidamente giró su rostro hacia otro lado, como si no hubiera oído nada.

—Bueno, sigamos. La vida de mucha gente depende de esto —bromeó el conde, fingiendo también que no había sucedido nada—. Tome la arcilla y mézclela con un poco de agua.

Elisabeth comenzó a hacer lo que le decía el conde, sin dejar de pensar en que realmente el bienestar de los arrendatarios sí que mejoraría gracias a lo que estaban haciendo.

—Debe de ser abrumador tener tanta responsabilidad, milord —observó.

Robert negó.

—Crecí con ello; estoy acostumbrado. Y esta parte del trabajo me gusta: introducir mejoras en las tierras, supervisar las cuentas e incluso decidir las inversiones. Solo siento el peso de la responsabilidad cuando me doy cuenta de la cantidad de gente que depende de mí.

El conde permaneció en silencio mientras Elisabeth continuaba amasando la arcilla.

—Con ellos sí siento que no puedo fallar —añadió, bajando la voz—. Por eso no sé cómo podré hacerme cargo de todo si no logro recuperar la vista.

Elisabeth se lo quedó mirando. El conde era la viva imagen de la preocupación, y si ella no hubiera tenido las manos tan manchadas de barro, hubiera sentido el impulso de abrazarlo. Así que no pudo más que agradecer estar tan sucia.

—¿Sabrá pronto si volverá a ver? —preguntó con delicadeza.

—Dentro de dos semanas iré a Londres.

Elisabeth asintió.

—Lo peor es que no sé qué voy a hacer si no puedo convertirme en duque. Nací para esto. Cuando me engendraron, mis padres no buscaban un hijo, buscaban un heredero. De pequeño, cada vez que daba un paso, todo el mundo me recordaba cuál era mi propósito en este mundo. Si me quitan Greyswood, creo que moriré.

Elisabeth entendía al conde mejor de lo que este suponía.

—Comprendo lo que quiere decir, milord —dijo—. A mí me educaron para casarme. Mi único propósito, como el de cualquier mujer, era encontrar un marido acorde a mi nivel y vivir para él. Atender a sus visitas, criar a sus hijos, vivir a través de él. No me dieron más formación que la imprescindible para ser una buena compañía, ni me enseñaron nunca a valerme por mí misma, y ahora... Ahora no sé ni qué hacer con una vida propia.

Robert sintió un enorme deseo de abrazar a Mary, pero por nada del mundo quería que ella interpretara su gesto como un torpe intento de conquistarla.

—Mary —dijo, acercándose más a ella.

Oyó que la muchacha emitía un suspiro y pensó que podría estar llorando. ¡Maldita ceguera!

—Mary —repitió—. No tiene de qué preocuparse. Ya le he dicho que me haré cargo de usted.

Estiró su mano hasta rozar el brazo de ella, pero la

retiró rápidamente al sentir cómo ella se estremecía bajo su contacto.

—No debe temerme, Mary. No voy a exigirle nada a cambio de mi apoyo. Le doy mi palabra.

Elisabeth se secó como pudo unas lágrimas furtivas mientras miraba al conde. Parecía sinceramente preocupado por ella. Removía sus manos con impotencia, como si no supiera qué hacer con ellas, y Elisabeth sintió por un momento el deseo de dejar que la consolaran. Pero sabía que no podía hacerlo.

Finalmente, el conde se reclinó de nuevo en su silla y le ofreció, con cierta frialdad:

—Si quiere marcharse ahora, lo entenderé.

Robert temía que Mary aceptara su oferta. No deseaba renunciar a su compañía, pero su honor le obligaba a darle una salida digna.

—No, estoy bien —aseguró ella, recuperando la serenidad.

Siempre lo hacía. Robert pensó que aquella muchacha era mucho más fuerte de lo que ella misma creía.

—Además, tampoco puedo ir por ahí con las manos de esta guisa —añadió Elisabeth, mostrando sus manos manchadas, como si él las pudiera ver.

Robert imaginó las delicadas manos de ella cubiertas de arcilla y sonrió.

—Imagino que sería difícil de explicar —admitió, haciendo que ella riera de nuevo.

Aquello le hizo sentir un gran alivio en su interior.

—Bueno, pues terminemos con esto de una vez —dijo, tratando de pasar página—. Ahora tiene que moldear una circunferencia.

—¿Una circunferencia? —preguntó Elisabeth, tomando un poco de arcilla.

—Lo mejor es que haga una bola y luego la aplaste hasta conseguir un círculo. No muy grande, de unas cuatro pulgadas de diámetro.

Elisabeth asintió al tiempo que empezaba a moldear la arcilla.

—Cuando termine lo dejaremos por hoy. Esto se ha puesto demasiado... intenso —observó él, haciéndola sonreír de nuevo—. A cambio, tal vez podamos dar un paseo más tarde.

Elisabeth quiso responder que eso le encantaría, pero lo sustituyó por un frío:

—Como usted desee, milord.

El conde siguió hablando de banalidades mientras Elisabeth terminaba de moldear la circunferencia que serviría de eje a la pequeña rueda que estaban construyendo. Cuando hubo finalizado, dijo:

—Creo que ya está.

—Déjeme ver —respondió él, acercando sus manos a la zona de la mesa en la que había estado trabajando Elisabeth.

Ella las tomó para posarlas sobre la figura. El conde la recorrió despacio, después la abarcó extendiendo sus largos dedos y, finalmente, dijo:

—Mary, ¿sabe usted que la principal característica de una circunferencia es que todos los puntos de la curva deben estar a la misma distancia del centro?

Elisabeth miró su obra mientras pensaba en lo que el conde acababa de decir.

—Es posible que por esta zona no esté muy lograda —dudó.

—Henry —llamó Robert al lacayo—. ¿Qué ve aquí?

El lacayo se acercó a ellos y, tras observar la figura, dijo temeroso:

—¿Un sombrero, milord?

El conde rompió a reír.

—No es un sombrero, Henry. No creo que hayas visto muchos sombreros así en tu vida —protestó Elisabeth, provocando que la risa del conde se intensificara.

—Apuesto a que no —logró decir.

Elisabeth, que se debatía entre reírse con él o mostrar su indignación, acabó rindiéndose a la evidencia.

—Podría parecer una boina —admitió, haciendo que el lacayo, envalentonado, se lanzara a defender su teoría del sombrero mientras las risas del conde se acentuaban.

—Oh, está bien —cedió finalmente ella—. Lo repetiré.

Roció un poco de agua sobre su figura hasta volver a ablandar la masa y comenzó a formar una bola de nuevo.

—Deje que le enseñe —dijo Robert, cuando hubo logrado recuperar la compostura.

Puso sus manos sobre las de ella y las empujó suavemente hasta lograr una forma perfectamente redonda.

—Ahora, aplástela —ordenó, y Elisabeth comenzó a presionarla contra la mesa—. Y vaya moldeando los bordes al mismo tiempo.

El conde comenzó a dar forma al borde del círculo mientras Elisabeth continuaba aplanando la figura.

—Puede sentarse de nuevo, Henry —le pidió Robert al lacayo, para después decirle a Elisabeth—: Añádale un poco más de agua.

Elisabeth se mojó los dedos en el agua y recorrió la figura con ellos. Robert volvió a unir sus manos a las de ella y siguió los movimientos que estaba haciendo sobre el barro. En un momento dado, no pudo evitar dejar que sus dedos se colaran entre los de ella, entrelazándose con ellos, y acariciar así sus manos.

El corazón de Elisabeth comenzó a latir con violencia en su pecho. No podía apartar la mirada de la húmeda maraña en la que se habían convertido las manos de ambos. Podía sentir la respiración del conde muy cerca de ella, tanto que creyó que le faltaba el aire.

Entreabrió los labios y, suspirando, cerró los ojos; nunca había experimentado algo así.

Los sentidos válidos de Robert estaban absolutamente concentrados en Mary; en las húmedas caricias de sus manos, en el sonido de su respiración acelerada, en su dulce aroma a flores... Robert no recordaba haber vivido antes algo con tanta intensidad. Tal vez la ausencia de visión hacía que sintiera todo lo demás de una forma exagerada, o podría ser que hubiera algo más...

Aquel pensamiento le hizo volver en sí. Se estaba comportando como un adolescente enamoradizo; aquello tenía que terminar.

Haciendo un gran esfuerzo, Robert detuvo sus caricias.

—Será mejor que se vaya. La veré después del almuerzo —dijo, y Elisabeth salió huyendo de allí.

Robert se pasó las siguientes horas tratando de explicarse lo que había sucedido esa mañana. Primero, había encontrado una inesperada comprensión en Mary. Ella entendía sus temores y no había tratado de minimizarlos. Y, a cambio, le había abierto su corazón y había compartido sus propias inquietudes con él. Y después... Después había quedado más que claro que Mary le deseaba tanto como él a ella.

Ninguna de aquellas cosas era una novedad para Robert, lo que no sabía era cómo conjugarlas. Había tenido decenas de amantes que, una vez que calmaban sus apetitos carnales, no le aportaban nada más, por mucho que ellas se esforzaran en que fuera de otro modo. Y, por otro lado, había tenido también buenas amigas... «No», se dijo. En realidad no las había tenido. La más cercana a serlo era probablemente lady Chatterly, una viuda que lograba divertirle mucho con sus comentarios, y con los otros usos que sabía darle a su boca. Pero nunca había compartido una confidencia con ella, ni lo haría jamás, si no quería que estuviera en las conversaciones de todos a la mañana siguiente. Sus verdaderos amigos siempre habían sido hombres. El que la doncella le resultara deseable y, además, le agradara pasar el tiempo con ella, le llevó a pensar en que no solo sería una buena amante, sino que quizás también podría llegar a ser una muy duradera.

Elisabeth apenas comió ese día. Sentía que tenía un nudo en el estómago y se temía que aquello estuviera de algún modo relacionado con las caricias del conde. Se ofreció a ayudar en la limpieza de la cocina, para no pensar mucho en ese asunto, pero las imágenes de las grandes manos de lord Downey cubriendo las suyas la asaltaban a cada rato.

Finalmente, llegó el momento de volver a su habitación, y Elisabeth trató de aparentar una normalidad que distaba mucho de sentir.

—¿Todavía quiere pasear, milord? —le preguntó nada más verle.

—Sí —respondió él brevemente.

—En ese caso, llevaré el libro por si luego quiere que le lea un poco.

Salieron al jardín y se dirigieron hacia el mismo banco en el que se habían sentado en la ocasión anterior. Pero aquella tarde el tiempo estaba más desapacible y el viento hacía aumentar la sensación de frío. Tras leer varias páginas, Elisabeth se estremeció.

—Tiene frío —adivinó el conde.

—Un poco —reconoció ella.

—Deje que le preste mi abrigo.

—Oh, no, milord —respondió ella, asustada—. Eso no sería nada apropiado.

«No lo sería, no», pensó Robert.

—Entonces, paseemos —sugirió.

Se pusieron de pie y Elisabeth se cambió el libro de mano para ofrecerle al conde el brazo más cercano a él.

—Deje que le lleve el libro —se ofreció entonces él y, ante la vacilación de ella, insistió—: No se preocupe, Mary. Le aseguro que cargar con *El vicario de Wakefield* no tiene nada de indecoroso.

Finalmente, ella le dio el libro y él pensó que realmente la muchacha tenía muy presentes las apariencias y lo que era correcto y no hacer con un hombre. Ya podía el maestro haber puesto tanto empeño en asegurarle a su hija un futuro como en ese aspecto de su educación.

—¿Le gustaría que fuésemos hasta las cuadras, milord? —volvió a sugerir ella.

En esta ocasión el conde aceptó, y Elisabeth lo sintió como un nuevo logro. Johnny le había asegurado que a aquel hombre le gustaba mucho montar a caballo, por lo que creyó que visitar a los animales y hablar con el personal de las cuadras le animaría.

El primero en verlos llegar fue el señor Forney, el jefe de cuadras, que no ocultó su alegría por la visita. Tampoco desperdició la primera oportunidad que encontró para decirle al conde que había sido él quien le había suministrado a Elisabeth el hielo para curarle.

—Entonces es a usted a quien debo agradecer que haya desaparecido el dolor —le respondió Robert con amabilidad.

—Ah, no, milord. Todo el mérito es de la chica, que fue a quien se le ocurrió la idea y quien se preocupó de venir a buscar las piedras varias veces cada día.

Robert sintió cómo Mary se removía incómoda bajo su mano. Al parecer, no quería que supiera hasta qué punto se preocupaba por él. En ese momento, Johnny se presentó ante ellos.

—Milord —saludó con emoción—. Espero que se encuentre mejor.

—¿El pequeño John? —le respondió Robert, consciente de que Mary los escuchaba.

—Para servirle, milord —respondió el chico entregado.

—Me alegro de oírte, muchacho.

Tras los saludos, el conde tomó las riendas de la visita y pidió acercarse a varios de sus caballos mientras le ponían al día sobre ellos.

—Prince George ha estado un poco enfermo, milord —comenzó a explicarle Forney, mientras el conde le escuchaba con atención—. Tuvimos que llamar al veterinario, quien le modificó la dieta. Ha perdido algo de peso, pero parece que poco a poco lo va recuperando.

Johnny aprovechó la ocasión para preguntarle a Elisabeth en un aparte si había podido hablar con la señora Arnold.

—No. No he encontrado la ocasión —respondió ella, mirando de reojo al conde.

—¿Pero sigues creyendo que nos ayudará?

—Sí lo creo, Johnny, pero hay que encontrar el mejor momento para abordarla —respondió ella, susurrando.

—No sé si podré esperar mucho más.

Elisabeth sonrió.

—Claro que podrás, y te aseguro que hasta el último segundo de la espera valdrá la pena.

Elisabeth volvió la vista hacia el conde y tuvo la impresión de que su rostro se encontraba ligeramente orientado hacia ellos.

Cuando regresaron al castillo, Elisabeth le acompañó hasta su habitación y, antes de bajar a las cocinas para ordenar su cena, le preguntó:

—¿Va a querer que le siga leyendo más tarde, milord?

Robert se llevó la mano a la cabeza.

—¡El libro! —exclamó—. Lo dejé olvidado en las cuadras.

—Oh, vaya —respondió ella contrariada—. ¿Quiere que vaya a buscarlo?

—No, no, déjelo. Además, hoy estoy cansado; ya seguiremos con la lectura mañana.

Aquello no era del todo cierto, pero Robert necesitaba poner un poco de distancia con Mary. Esa tarde se había descubierto a sí mismo espiando la conversación que la muchacha había mantenido con el palafrenero, y sabía que aquello no podía llevar a nada bueno. Y ya solo le faltaba acabar perdiendo la cabeza por una moza...

Cuando Elisabeth entró en la cocina, encontró a los empleados más jóvenes reunidos en torno a alguien. Se trataba de Henry, el lacayo que los había acompañado aquella mañana al conde y a ella. Elisabeth se acercó a escucharlo.

—¡Y el conde se echó a reír! —oyó que decía—. Os aseguro que Mary está obrando un auténtico milagro en él.

De pronto, alguien alertó a los demás de la presencia de Elisabeth.

—Algo más que un milagro, diría yo —insinuó con malicia una de las doncellas.

—Pues si eso es todo lo que tiene usted que decir, lo mejor será que se vaya inmediatamente a su habitación —intervino de pronto la señora Carlton—. No voy a tolerar que se insulte a nadie en esta casa.

La doncella se retiró abochornada y Elisabeth le dirigió una mirada de agradecimiento al ama de llaves antes de retirarse ella también. Aquella noche tampoco tenía hambre.

Cuando entró en su habitación, la encontró vacía. Se dirigió hacia su baúl y lo abrió, apoyando con cuidado la tapa contra la pared. Después, levantó el papel de seda que cubría su interior y acarició las pequeñas flores que adornaban el escote de la primera prenda que lo llenaba: su vestido malva.

Al ver sus dedos contra la tela del vestido, Elisabeth recordó cómo los había acariciado el conde esa mañana, y acercó su otra mano hasta ellos para recorrer el mismo camino que había seguido él.

En ese momento, la señora Smith entró en la habitación y Elisabeth se giró hacia ella.

—Nos vamos —anunció, antes de devolver su mirada al baúl.

Se estaba arriesgando demasiado.

—¿Cuándo, señorita?

—Mañana, a la hora del almuerzo —decidió Elisabeth sobre la marcha—. Así nos dará tiempo a recoger todo, y a que el señor Wilson nos dé la paga que nos corresponda por los días que hemos trabajado aquí.

«Y, además, así podré verle una última vez».

Capítulo 11

Elisabeth se despertó el que habría de ser su último día en Greyswood con cierta tristeza. No así la señora Smith, que parecía querer salir del castillo lo antes posible.

—¿Tan mal lo ha pasado aquí? —le preguntó Elisabeth, con un gran sentimiento de culpa.

—No, señorita. El señor Wilson y la señora Arnold son muy agradables, y la señora Carlton tampoco es tan mala como parecía al principio.

—No lo es, no —coincidió Elisabeth, recordando cómo la había defendido la noche anterior—. Entonces, ¿por qué se alegra tanto de que nos vayamos? Creía que prefería quedarse en Inglaterra.

—Y lo prefiero, ¡vaya si lo prefiero! Pero no me gusta nada que esté usted tanto tiempo con ese hombre. Si sucediera algo, a ver cómo iba yo a explicárselo a su madre.

Elisabeth sonrió con tristeza.

—No tema, Agnes. El conde también es mejor de lo que parece. Nunca me lastimaría.

—A usted no, señorita. Pero al personaje ese que se ha inventado...

—A Mary tampoco —aseguró Elisabeth—. El conde es un hombre de honor.

Un poco más tarde, Elisabeth se obligó a tomar algo de desayuno. En ello estaba cuando Johnny se presentó en la cocina y le entregó al señor Wilson la copia de *El vicario de Wakefield* que el conde había olvidado en las cuadras el día anterior.

—Mary se lo devolverá a lord Downey —resolvió el mayordomo, antes de dirigirse a ella—. El conde ya te espera en su habitación.

Elisabeth asintió mientras tomaba el libro de sus manos.

—¿Estás bien, muchacha? —le preguntó entonces el señor Wilson.

Ella le miró y reparó por primera vez en el claro tono azul de sus bondadosos ojos. La verdad era que se sentía muy apenada. Pero asintió con un gesto y, tras tomar el libro, se dirigió a la habitación del conde.

Una vez en ella, lo primero que hizo fue, como siempre, descorrer las cortinas y dejar pasar la luz.

—Buenos días, milord. ¿Cómo se encuentra hoy?

Lord Downey parecía distraído.

—Bien, Mary. ¿Y usted?

Elisabeth se preguntó en qué momento había empezado ese hombre a preocuparse por su bienestar.

—Bien también, milord —mintió—. He traído el libro que olvidamos en las cuadras.

—Estupendo.

—¿Quiere que subamos a terminar la maqueta?

—Antes léame el correo, por favor.

—¿No lo ha hecho el señor Wilson? —se extrañó Elisabeth.

—No. Le dije que ya lo haría usted.

Elisabeth sintió una punzada de preocupación porque el conde se hubiera vuelto demasiado dependiente de ella ahora que le iba a abandonar.

Tomó las cartas y las fueron revisando una por una. Varias venían de Londres: una de un despacho de abogados, otra de un proveedor de Greyswood y una tercera que carecía de firma y que era la única que estaba a nombre de lord Downey.

—Es de una mujer —observó Elisabeth.

—¿De una mujer? —se extrañó Robert.

—Sí, milord —respondió Elisabeth con el sobre entre las manos, deseando que él le pidiera que lo abriera.

—¿Y cómo sabe que es de una mujer?

—Por la caligrafía, milord. Y por el penetrante olor a perfume que despide.

Robert percibió cierta crítica en el tono de la criada y se sintió absurdamente bien al pensar que podría estar celosa.

—¿Y dice que no tiene remitente? —insistió.

—No, milord.

Robert no sabía quién podía haberle enviado esa carta, pero sí que aquello significaba que había corrido la voz de que se encontraba en Greyswood. Y eso no era bueno para él.

—¿Quiere que la abra, milord? —preguntó Elisabeth, rogando por que así fuera.

—No —respondió él.

Solo una razón podía llevar a una mujer a no firmar una carta y Robert estaba seguro de que no le interesaba que Mary supiera lo que alguien así le tenía que decir. Ya le pediría a Wilson que se la leyera más tarde.

—Bueno, pues si no hay más cartas, subamos al ático —propuso el conde.

—De hecho, hay una más, milord —le contradijo ella—. De lady Violet Greyswood.

Elisabeth supo por la letra que la edad de la mujer a la que pertenecía aquella carta era, en ese caso, mucho más avanzada.

—¿La tía Violet? —se sorprendió Robert—. Parece que ya se ha enterado todo el mundo de mi escondite.

Elisabeth sonrió, condescendiente.

—Ábrala —pidió Robert en esa ocasión.

Elisabeth hizo lo que le indicaba y leyó el contenido de la carta en voz alta. En un breve puñado de líneas, lady Violet le comunicaba a su «queridísimo hermano Robert» que sabía de su presencia en el castillo y que le esperaba al día siguiente por la tarde para tomar el té. A Elisabeth le extrañó que se dirigiera al conde como su hermano, e imaginó que debía de tratarse de un error.

—Dios mío, lo que me faltaba —dijo el conde riendo—. Vaya a buscar a Wilson y dígale que envíe a alguien a casa de lady Greyswood para confirmar mi asistencia mañana, haga el favor. Después, subiremos de una vez a avanzar con la maqueta.

Elisabeth asintió y se marchó.

Un buen rato después, el propio señor Wilson apareció en la habitación.

—Ya envié el aviso a lady Greyswood, milord.

Robert asintió.

—Ahora, ¿quiere que le acompañe arriba?

—¿Dónde está Mary? —preguntó Robert, extrañado.

—En una reunión urgente de personal, milord.

—¿Urgente? ¿Acaso ha sucedido algo?

El señor Wilson titubeó.

—Ha habido un incidente, milord.

—¿Qué incidente, Wilson?

—Al parecer, anoche alguien vio a una pareja en las cuadras.

—¿A una pareja? —se alarmó Robert—. ¿Y han robado algo o lastimado a algún animal?

Wilson carraspeó.

—No se trataba de esa clase de pareja, milord.

—Wilson, hable claro, por el amor de Dios —le rogó el conde.

—Era una pareja de enamorados.

A Robert se le cayó el alma a los pies. Mary había estado en las cuadras esa noche; había traído el maldito libro. Recordó los retazos de la conversación que le había oído mantener con Johnny la tarde anterior, cuando ella le había prometido que le valdría la pena esperarla. ¡Diablos!

—¿Y no se sabe quiénes son? —preguntó, con un tono de voz más grave de lo habitual.

—Todavía no, milord. La señora Carlton está tratando de averiguarlo.

Robert pensó en cómo había encontrado a Mary aquella mañana, en si había sentido en ella algo diferente, tratando de averiguar si sería ella la mujer de las cuadras. Lo único que le había llamado la atención había sido la irritación que parecía haberle producido la carta de la mujer misteriosa, y aquello hizo que una tonta sonrisa asomara a sus labios.

—Wilson —llamó—. ¿Haría el favor de leerme una de las cartas que llegaron esta mañana? La que no tiene remitente.

Wilson miró a su alrededor y, tras localizar la carta de la que hablaba el conde, procedió a leerla.

Por su contenido, Robert no tuvo duda de que la artífice era lady Wharton, la esposa del hombre con quien se había batido en duelo. Al parecer, la dama se había enterado de que Robert había ocupado el lugar de su hermano en el duelo con su esposo y se preguntaba si aquello era un indicio de que estaba interesado en retomar su relación con ella. Cerraba la carta mostrándole a Robert su disposición para verle a solas, e invitándole a un encuentro íntimo tan pronto como regresara a Londres.

—Esa mujer es insaciable —comentó el conde, impresionado.

Se preguntó si le gustaría volverla a ver. La última vez que lo hizo había sido hacía cerca de dos años, pero creía recordar que ya entonces lady Wharton era bastante fogosa. Sin duda, volverse a acostar con ella sería una bonita forma de vengarse de su marido.

—¿Desea responder, milord? —preguntó Wilson, sin dar ninguna muestra de lo que le había parecido la atrevida carta de la mujer.

—No. De momento, no.

Cuando Elisabeth por fin pudo regresar a la habitación del conde lo encontró bastante animado y no pudo evitar apreciar que la carta de la mujer anónima había sido abierta. Imaginó que Wilson la había leído, y se preguntó si habría sido aquello lo que había alegrado tanto a lord Downey.

Iba pensando en ello mientras subían al ático, cuando el conde le preguntó cómo le había ido con la señora Carlton.

—Bien, milord —respondió ella de forma escueta.

—¿Por qué los reunió? ¿Ha habido algún problema en las cocinas?

Elisabeth le miró de reojo. Si no sabía lo que había sucedido la noche anterior, no sería ella quien se lo dijera. No había delatado a sus amigos ante el ama de llaves ni lo haría tampoco entonces frente al hijo del duque.

—En las cuadras, milord —respondió—. Pero creo que nada de importancia.

Vaya. Así que la doncella no iba a hablar. Robert se preguntó si se estaría protegiendo a sí misma o a alguien más.

Una vez en el estudio, continuaron trabajando en la rueda. El eje que tantos trastornos les había causado el día anterior ya estaba seco, y Elisabeth se dedicó a ir uniéndole las tablillas mientras las numeraba siguiendo las indicaciones del conde.

A media mañana, igual que el día anterior, el señor Wilson subió el té, esta vez con dos tazas, y le dedicó un guiño de complicidad a Elisabeth. Cuando fue a servirlo, ella se le adelantó.

—Permita que lo haga yo, señor Wilson —se ofreció sonriendo.

El mayordomo aceptó su propuesta y se marchó antes de que el conde volviera a insinuar que colaborara en aquel endiablado asunto de la rueda.

Elisabeth sirvió ambos tés y tomó la mano del conde para guiarla hasta su taza.

—Tenga cuidado; está muy caliente —le advirtió.

El conde aprovechó el contacto para volver a acariciar su mano, pero cuando fue a extender su gesto por el brazo de la joven, esta lo retiró. En ese instante, Wilson volvió a aparecer en la habitación.

—La duquesa está aquí, milord —dijo, sin resuello.

Aquella era la primera vez que Elisabeth veía al mayordomo expresar alguna emoción ante alguien que no fuera ella.

—¿Qué duquesa? —preguntó Robert confundido, hasta que la respuesta se fue abriendo paso en su mente—. Madre...

Se puso de pie y Elisabeth se levantó con él, paseando su mirada entre el conde y el señor Wilson.

—Le espera en la biblioteca, milord —añadió el mayordomo.

—¿Ha venido sola?

Wilson negó.

—La acompañan sus hermanos, milord.

—¿Y mi padre?

—No, el duque no está con ellos, milord.

Aquello pareció relajar un poco al conde, aunque, inmediatamente después, la tensión volvió a apoderarse de él.

—Wilson, acompáñeme abajo. Y usted, Mary..., seguiremos con esto en otro momento.

Elisabeth asintió y se quedó observando a los dos

hombres marchar. Cuando hubieron desaparecido de su vista, puso un poco de orden en la mesa en la que había estado trabajando junto al conde y se fue ella también hacia la zona de servicio. Tenía que encontrar a la señora Smith y decirle que no se podrían ir tan pronto como habían pensado inicialmente. La mañana se había complicado con la reunión de personal y luego con la llegada de la duquesa, y no había encontrado el momento de decirle al señor Wilson que se iban. Tendrían que postergar su partida por lo menos hasta el día siguiente.

Cuando pasó por delante de la biblioteca, camino de la cocina, Elisabeth no pudo oír cómo la duquesa le decía a su hijo mayor con una mirada cargada de espanto:

—¿Qué le ha sucedido a tu rostro?

William se apresuró a ocupar el lugar del mayordomo para ayudar a su hermano a acomodarse. A Robert le hubiera gustado poder hablar con él a solas para saber con qué información contaba su madre, pero, al parecer, aquello no iba a ser posible.

Su hermana Diana continuaba al lado de la duquesa, con su cabello perfectamente peinado a pesar del viaje y su serio rostro dibujando la misma sorpresa que el de su progenitora.

—Robert —dijo cuando logró hablar, y comenzó a avanzar hacia él, hasta que un gesto de su madre le hizo ver que su rostro había empalidecido peligrosamente.

William, advirtiéndolo a su vez, corrió hacia ellas y juntos ayudaron a la duquesa a tomar asiento. Aquello iba a ser peor de lo que esperaban.

—Traeré sales —sugirió Diana, pero su madre la detuvo.

—No son sales lo que necesito, lo que necesito es una explicación.

William se levantó para acercarse a su hermano de nuevo y tratar de intercambiar alguna confidencia con él, pero su madre lo detuvo.

—William, quédate donde estás. Y tú, Robert, dime de una vez por qué llevas esa horrible cosa en la cabeza.

Robert tomó aire.

—He sufrido un accidente. He perdido la vista.

Diana emitió un gemido.

—¿Para siempre? —preguntó la duquesa con frialdad.

—No lo sé —reconoció Robert con impotencia.

Habría preferido tener esa conversación con su madre una vez que se hubiera desvelado la respuesta a esa pregunta. Hasta entonces no podría saber cuáles deberían ser los siguientes pasos a dar, y no tener un plan siempre le había hecho sentirse incómodo.

—¿Cómo te lo hiciste?

—Manejando un arma. Se bloqueó y me golpeó en el rostro. En los ojos.

—En Londres se dice que participaste en un duelo.

—Fue un accidente de caza —insistió Robert.

No quería mentir a su madre, pero si esta supiera que se había metido en aquello por su propio pie, no se lo perdonaría en la vida.

—No te creo —dijo ella.

—Y yo no puedo decirle otra cosa, madre —replicó él, dejando que cada cual entendiera lo que quisiera.

—¿Cuándo sabrás si volverás a ver?

—La semana que viene. Al parecer, el golpe pudo hacer que se dañara la estructura posterior del ojo. Dependiendo del grado de la lesión, habrá o no recuperación.

—Dios de mi vida —exclamó la duquesa—. ¿Y qué se supone que vamos a decirle a tu padre?

—¿Padre no lo sabe? —preguntó Robert con cierta esperanza.

—Por supuesto que no, aunque no tardarán en llegarle los rumores. Yo ya me imaginaba que sucedía algo extraño, pero William no me quiso decir nada —le reprochó a este.

—Lo hice para protegerla, madre —intervino William.

—Bobadas. Lo hiciste para encubrir a tu hermano. La verdad es que esto me lo hubiera esperado de ti, pero nunca de Robert.

—Vaya, muchas gracias —respondió William ofendido, y Robert tuvo que morderse la lengua para no hablar.

—Esperemos que el duque no se entere de tu estado hasta que los médicos nos den su dictamen.

Robert no pudo estar más de acuerdo con ella. Su madre siempre había sido una mujer muy práctica, así como una gran estratega.

—Diana y yo redactaremos ahora mismo unas cuantas cartas para nuestras amistades relatando lo bien que te hemos encontrado e informándolos de que hemos decidido pasar unos días de descanso en el campo.

—¿En plena temporada? Nadie lo creerá —objetó William.

Su madre guardó silencio; la ira haciendo que se le tensara el rostro. Diana cruzó una mirada con Will.

—Tienes razón —admitió al fin la duquesa—. Deberíamos estar de vuelta en Londres el viernes, a tiempo para asistir a la fiesta de la marquesa de Bristol y acallar así los rumores. Así que me temo que hay que empezar a planear el regreso. Diana, acompáñame a mi habitación. Necesitamos recuperar fuerzas para lo que nos espera.

Cuando las mujeres se hubieron ido, William le ofreció a su hermano una copa.

—Gracias, hermano. Nunca podré pagarte que no me hayas delatado —le dijo a Robert al brindar con él.

—No te ha podido dar tiempo de llegar hasta Londres y regresar tan rápidamente —observó este, después de dar un largo trago a su copa.

—No, tienes razón. Nuestra madre me interceptó a mitad de camino.

Robert sonrió.

—¿Y no la advertiste de lo que se iba a encontrar aquí?

—Preferí no hacerlo. Hubiera venido terriblemente preocupada todo el camino. Ahora ya por lo menos ha visto que, aparte de... eso —dijo, señalando el vendaje de Robert—, estás perfectamente bien.

—¿Lo estoy?

—Ya lo creo que sí —aseguró Will—. Cuando me fui hace unos días tenía mis dudas, pero el bueno de Wilson me ha dicho que ya no tienes dolores y que te pasas el día trabajando en la rueda.

Robert asintió.

—¿Qué haces esta tarde? ¿Quieres que te eche una mano con eso?

Robert pensó en la sugerencia de su hermano. ¿Quería que le ayudara? ¿Y renunciar a la compañía de Mary?

—Preferiría que entretuvieras a nuestra madre —respondió.

—Oh, Robert, no me pidas eso —rogó Will.

—Creo que me lo debes —insistió este—. Salvo que prefieras que la distraiga yo mismo con el fabuloso relato de un hombre que descubrió al amante de su mujer colgando del balcón de su habitación...

—Eso jamás —rio William, rindiéndose a los deseos de su hermano.

Después de almorzar, Robert se reunió de nuevo con Elisabeth en el ático. A ella le pareció cansado.

—¿Se encuentra bien, milord? —le preguntó cuando tuvo ocasión.

Por lo que había oído en la cocina, la duquesa tenía fama de dura, y aquella visita no iba a ser un trago amable para el conde.

—Sí. En cierto modo me he quitado un peso de encima —admitió Robert.

En el fondo, que su madre supiera lo de su ceguera suponía una preocupación menos para él.

Continuaron trabajando en la rueda mientras charlaban relajadamente. Elisabeth nunca habría imaginado que aquel hombre podría ser una compañía tan agradable.

En un momento dado, mientras trataba de observar la rueda desde un ángulo diferente, un mechón de su cabello se escapó de la cofia.

—Oh, vaya —dijo, tratando de dejar la rueda sobre la mesa sin que sufriera daños y buscando con la mirada algo que le sirviera para limpiarse las manos, manchadas en esta ocasión de pegamento.

—¿Qué sucede? —se interesó el conde.

Elisabeth no quiso contestar, recordando la otra vez que le había sucedido aquello mismo en la habitación de él, y cómo el conde se había llevado entonces su cabello a los labios. Sin duda, tenía que aprender a colocarse aquel maldito trozo de tela mejor.

A pesar de sus esfuerzos por evitarlo, Robert sintió los apuros que estaba pasando y alargó su mano hasta dar con el rebelde mechón.

—¿Se ha vuelto a escapar? —preguntó con ternura—. Deje que la ayude.

Con un lento movimiento, como si se estuviera recreando en ello, se envolvió el cabello de Elisabeth en un dedo y lo introdujo de nuevo bajo la cofia. Una vez que lo hubo devuelto a su lugar, en vez de retirar su mano la dejó caer suavemente, acariciando el contorno de la oreja de ella y continuando por su largo cuello después.

—Henry —dijo, con la voz ronca, mientras apartaba su mano de ella—. ¿Podría ir a buscar un poco de agua?

Elisabeth podía sentir los latidos de su corazón golpeando en sus oídos. Vio cómo el lacayo se ponía de pie y se dirigía hacia la puerta. Sabía que estaba a tiempo de detenerle, o de ofrecerse a ir ella misma a por el agua, pero no lo hizo.

Cuando Robert escuchó la puerta cerrarse, volvió a extender su mano hacia Elisabeth. De algún modo mágico, esta sabía exactamente dónde encontrarla.

Volvió a acariciar su mejilla hasta alcanzar su nuca y, envolviéndola con su fuerte mano, la atrajo hacia él.

El encuentro de sus bocas fue algo duro, en parte porque el conde no calculó la distancia que había entre ellos del todo bien, en parte porque su cuerpo ansiaba aquel contacto más que nada en el mundo. Inhaló profundamente el aroma de ella y utilizó su otra mano para terminar de envolver su rostro.

Elisabeth creyó que iba a perder el conocimiento. Su cuerpo respondía a la arrolladora invasión del conde con una intensa debilidad. Dejó caer la cabeza levemente hacia atrás y él aprovechó el movimiento para hacer que su boca descendiera por el cuello de ella hasta dar con el borde de su recatado uniforme.

Elisabeth emitió un pequeño gemido y Robert volvió a tomar su boca con más intensidad todavía, hasta que por fin los labios de ella cedieron y le permitieron introducir su lengua en ella.

En ese momento, alguien golpeó la puerta y los dos se separaron tan rápidamente como pudieron.

Robert ahogó un gemido y trató de calmarse. Podría matar con sus propias manos a quien fuera que acabara de llegar.

Elisabeth fijó su mirada en la mesa, convencida de que, si el visitante la miraba a los ojos, vería en ellos todo lo que acababa de suceder.

Tenía la respiración acelerada y las mejillas coloradas, y sentía que los labios le ardían.

Luchando por no llevarse una mano a ellos, miró de reojo al conde, esperando encontrar una reacción parecida en él. Pero el aspecto de lord Downey, salvo por unas pequeñas manchas de pegamento que ella misma había ocasionado en su levita, era intachable.

—Así que es aquí donde te escondes —le dijo lord William a su hermano mientras una gran sonrisa se dibujaba en sus labios—. Ahora entiendo por qué no querías que te ayudara.

Robert se reclinó en su silla.

—Will...

William repasó con su mirada a Elisabeth, que se había levantado para dedicarle una reverencia, antes de dirigirse de nuevo a su hermano.

—He visto que tienes una carta de lady Wharton.

Elisabeth se sorprendió al reconocer aquel nombre. La esposa de lord Wharton era una mujer con fama de disoluta. Elisabeth había coincidido con ella en la modista en una ocasión y se había quedado asombrada por su belleza y por la gran seguridad que emanaba, a pesar de que tenía que ser consciente de que todo el mundo reprobaba su forma de vida. Y ahora resultaba que era ella la misteriosa mujer que escribía al conde.

Se sentó y trató de concentrarse en su trabajo mientras los dos hombres seguían con su conversación.

—¿No habrás leído mi correo, William? —se molestó Robert.

No quería tratar ese tema delante de Mary.

—No me ha hecho falta —rio William—. He reconocido su letra y me he imaginado lo que quería de ti. ¿No es increíble esa mujer?

—No sé si increíble es el adjetivo que yo utilizaría con ella —respondió el conde, deseando poner fin a aquella conversación y volver a quedarse a solas con Mary.

William volvió a reír.

—Si decides rechazar su propuesta, avísame, y yo la aceptaré en tu lugar.

—Ten cuidado con lo que haces, Will. No siempre voy a estar ahí para salvarte el pescuezo.

A Robert le molestó que su hermano valorara el verse de nuevo con aquella mujer después de las consecuencias que su último encuentro habían tenido para él. Pero aquel no era el momento de decírselo, no con Mary delante.

En ese instante, Henry, el lacayo, apareció en la habitación con el agua que le había pedido el conde minutos antes y procedió a servirle una copa.

—¿Quieres algo más? —le preguntó entretanto Robert a su hermano.

—De hecho, sí —respondió William, algo molesto por el seco trato que Robert estaba teniendo con él—. Nuestra madre me envía para decirte que vamos a jugar al *whist*, por si te quieres unir a nosotros.

—En ese caso, creo que convendría recordarle a nuestra madre que no puedo ver —respondió Robert enojado.

—Tal vez Mary pueda ayudarte también con eso —sugirió William, desviando su atención de nuevo hacia Elisabeth.

—Will —le llamó de vuelta Robert, a quien no le gustaba el tono que había adquirido la voz de su hermano.

Este le dedicó a Elisabeth una sonrisa diabólica.

—Enseguida me uno a vosotros —acabó cediendo Robert, para hacer que su hermano se fuera de allí—. Ahora, lárgate.

Cuando William salió de la habitación, Robert suspiró antes de dirigirse a Elisabeth.

—Te ruego que disculpes su comportamiento. William siempre ha tenido serios problemas para mantener la boca cerrada.

—No se preocupe, milord —le tranquilizó Elisabeth.

—Ha crecido a mi sombra —siguió justificándole Robert—. Desde pequeños, si yo saltaba desde un árbol, él lo hacía también; si yo aprendía a sumar, él intentaba multiplicar. Pero, por más que se esforzara, yo seguía siendo el heredero de Greyswood. Siempre se ha considerado a sí mismo un segundón, y creo que yo también me he sentido siempre culpable por ello.

—¿Y lo era, un segundón? —preguntó Elisabeth.

El conde reflexionó su respuesta.

—Supongo que sí. Mi padre nunca se molestó en disimular su preferencia hacia mí. Creo que al principio esta se debía solo a que yo era el primogénito, pero con el tiempo el carácter de William se fue corrompiendo y pronto el duque dejó de tolerarlo.

—¿Y su madre? —quiso saber ella.

—Mi madre ha sido siempre tan estricta y distante con todos nosotros que no habríamos apreciado la diferencia.

Elisabeth se dijo que aquella no parecía haber sido una infancia muy feliz.

—Bueno, mi querida Mary —dijo el conde, tomando una mano de ella entre las suyas—. Ahora me temo que he de bajar a hacer compañía a tan encantadora familia.

Elisabeth sonrió, compadeciéndole, su corazón volviendo a martillearle en el pecho mientras el pulgar de él trazaba círculos sobre su palma.

—¿Quiere que le acompañe? —logró preguntar, sin poder apartar la mirada de sus manos.

Robert negó, mientras se llevaba la de ella a los labios.

—Será mejor que no. Me acompañará Henry. Te veré mañana por la mañana.

Capítulo 12

A la mañana siguiente, cuando Elisabeth se presentó en la habitación del conde, este le pidió que le ayudara a llegar al comedor, donde su familia ya le estaba esperando.

Una vez más, mientras Elisabeth le acomodaba en la cabecera de la mesa y le mostraba dónde se encontraban los cubiertos, podía sentir el interés de todos los demás miembros de la sala fijo en ella. Con mucha discreción, ella también logró echar un vistazo rápido a las mujeres de la familia del conde.

La duquesa, que ocupaba el otro extremo de la mesa, parecía tan estricta como su hijo la había descrito, pero, aun con eso, su belleza estaba fuera de toda duda. Tenía el cabello más claro que sus hijos y le pareció apreciar en sus ojos un toque verdoso. Su hija, que ocupaba un lugar a su lado, era igualmente hermosa. Su cabello era castaño, pero lo alegraban unas mechas rojizas que resaltaban sus ojos color avellana.

Como comenzaba a ser una costumbre en él, cuando Elisabeth situó las manos del conde sobre los cubiertos, este trató de alargar su contacto, acariciándola con el dedo índice de manera casi imperceptible. Sin embargo, alguien fue testigo de aquel gesto. Cuando Elisabeth levantó la mirada, pudo ver cómo la hermana del conde la observaba con una expresión de curiosidad en el rostro.

—Puede retirarse —le dijo Robert entonces—. La mandaré llamar cuando terminemos.

Elisabeth hizo una pequeña reverencia y abandonó el comedor.

—¿Por qué te haces acompañar por esa muchacha? —preguntó la duquesa tan pronto lo hizo.

William ahogó una risa y Diana confirmó sus sospechas de que ahí estaba sucediendo algo.

—Es una larga historia —respondió Robert.

—Entonces, resúmela —insistió su madre, que no iba a dejar pasar aquella absoluta falta de formalidad.

Lady Augusta no tenía muy claro qué decía la etiqueta para los casos en los que un hombre perdía la vista por un accidente, pero seguro que no era que el afectado se fuera paseando por todas partes del brazo de una chiquilla.

—Necesitaba una persona a la que poder despedir en cualquier momento y ella había empezado a trabajar en Greyswood el mismo día de mi llegada.

—¿La vas a despedir? —preguntó la duquesa más tranquila.

—No.

Diana vio sonreír a William. Aquello se ponía cada vez más interesante.

—Ahora, con lo del duelo, te van a salir admiradoras de debajo de las piedras —observó, cambiando de tema.

—No si se queda ciego —replicó su madre con acidez.

—No sé por qué a ciertas mujeres les impresionan tanto esas cosas —insistió Diana.

—Porque son una muestra de virilidad —aportó Will.

—William —le regañó su madre—. No es correcto que utilices esos términos delante de tu hermana.

—Pues a mí me parecen más bien una muestra de estupidez —respondió Diana, para disculparse inmediatamente después, al darse cuenta de que podía haber ofendido a su hermano—. Lo siento, Robert.

Robert negó, mientras trataba de pinchar un trozo de carne con su tenedor.

—No lo sientas. A mí también me parece una soberana estupidez. —Diana estuvo a punto de sonreír—. Pero recuerda que no fue un duelo, fue un accidente de caza.

Robert le habría guiñado un ojo a su hermana si no se lo hubiera impedido el maldito vendaje que los cubría.

Robert adoraba a Diana. Eso no se lo había dicho a Mary cuando le había hablado de su familia, pensó, pero lo hacía. Su hermana había pasado toda su infancia alejada del mundo, incluidos sus hermanos, con la única compañía de sus institutrices y otros adultos. Aquello la había hecho reservada, pero a la vez madura y directa. Podía llegar a ser tan descarada como William, aunque le doblaba en inteligencia y carecía de su maldad, y no acababa de manejar correctamente algunas de las más elementales reglas de cortesía.

—¿Cómo está yendo la temporada, Diana? —le preguntó, consciente de lo que la joven estaría sufriendo.

—Hemos asistido a dos bailes, por el momento —respondió ella.

—¿Y? ¿Era lo que esperabas?

Robert la imaginó en medio de aquel espectáculo que no iba para nada con ella.

—Supongo que sí —respondió.

La temporada social londinense era tan horrible como había imaginado.

—¿Se llenó tu carné de baile?

—Completamente —respondió Diana con resignación.

Robert sonrió. Sin duda su hermana habría

despertado el interés de muchos pretendientes. Era hija de un duque y tenía una buena dote, aparte de que era indudablemente hermosa. Robert solo esperaba que, tras conocerla, alguno de aquellos pretendientes tuviera el valor de pedir su mano.

—Tu hermana tiene ya a varios hombres interesados en ella, pero dice que todavía no se quiere comprometer.

Robert imaginó el gesto serio de Diana.

—Es normal, madre. Es su primera temporada; tiene que divertirse.

Diana le agradeció mentalmente a su hermano que saliera en su defensa, como siempre hacía.

—A veces es mejor hacer las cosas mientras podemos, Robert —contraatacó su madre—. Tú, sin ir más lejos, quizá debiste casarte antes de hacerte eso en el rostro. Nadie quiere un tarado como esposo.

Un tenso silencio se apoderó del comedor.

—Madre, seguro que lady Marian... —comenzó a decir Diana, haciendo referencia a la cuarta hija del duque de Devonshire, a la que sus padres deseaban abiertamente casar con Robert, igual que habían intentado hacer antes con sus tres hermanas mayores.

—Ni siquiera lady Marian le querrá si no puede ver —sentenció su madre.

El sonido de la silla de Robert arrastrándose por el histórico suelo de madera del comedor les hizo callar a todos.

—Con vuestro permiso —dijo, antes de agachar la cabeza frente a su progenitora—. Madre.

Con la ayuda de uno de los lacayos, Robert regresó a su habitación.

Hubiera dado toda su fortuna por poder dirigirse a los establos, ensillar a uno de los caballos y salir galopando de allí, tan lejos del castillo como el animal se lo permitiera. Pero, además de que le era imposible hacerlo, también sabía que, por muy lejos que fuera, cada maldita palabra de su madre seguiría encerrando la más absoluta verdad.

Elisabeth estaba colocando en el armario de lady Diana el vestido que esta había utilizado para el viaje el día anterior. Una doncella lo había estado planchando en la habitación, pero había encontrado una mancha y lo había bajado a la lavandería para limpiarla. Elisabeth comprobó que el traje estuviera perfecto, colocó la percha en la barra y ahuecó la falda, para evitar que se arrugara de nuevo. Era de un color café que no debía de favorecer mucho a su propietaria.

—¿Ha quedado bien? —preguntó de pronto la misma, haciendo acto de presencia en la habitación.

—Perfectamente, milady —respondió Elisabeth, dedicándole una pequeña inclinación.

Lady Diana comenzó a deambular por el cuarto, como si quisiera decir algo más.

—¿Cómo está mi hermano? —preguntó al fin.

Elisabeth dudó qué debía responder.

—No le gusta mucho hablar de sí mismo, y menos si es para preocuparnos a los demás. Y me ha dado la sensación de que con usted tenía cierta confianza —añadió lady Diana.

Elisabeth bajó la mirada.

—Está inquieto por si no logra recuperar la vista.

—Me lo puedo imaginar —afirmó su hermana—. Y nuestra presencia aquí no ayudará mucho.

Lady Diana tomó asiento en el borde de su cama.

—¿Es usted su amante?

Elisabeth levantó su mirada hacia ella, sobresaltada.

—No —respondió, preocupada por que su acercamiento con lord Downey fuera tan evidente.

Las jóvenes se evaluaron mutuamente. La pregunta

de la hermana del conde no parecía esconder un reproche, sino mera curiosidad.

—Perdone —dijo al fin lady Diana—. No soy muy buena en esto de las relaciones sociales. Me pareció que Robert le guardaba cierta consideración y William insinuó que... Oh, es igual. La he ofendido. Le ruego que me disculpe.

Elisabeth guardó silencio.

—Yo... Solo quería saber qué se necesitaba para llamar la atención de un hombre como mi hermano —se justificó la hermana del conde.

Elisabeth la observó. Parecía atormentada.

—¿Y lo quiere saber por algo en particular, milady? —preguntó.

Lady Diana la miró, pero no dijo nada.

—Me temo que no soy la persona más indicada para ayudarla con esto, milady —siguió Elisabeth—, pero quiero pensar que no hay una sola cosa que guste a los hombres. Al bondadoso le atraerá la virtud, al intelectual la sabiduría...

—¿Y al engreído?

Lady Diana parecía llena de ira y Elisabeth tuvo que contener una sonrisa.

—Al engreído supongo que le llamará la atención que no le hagan ningún caso, milady —respondió con astucia.

Aquello pareció gustarle a lady Diana.

—¿Cómo se llama? —preguntó.

—Mary, milady.

—Mary. Ahora ya sé por qué le gusta tanto a mi hermano.

Elisabeth se sonrojó y volvió a esconder su mirada de la de lady Diana, temerosa de lo que la joven pudiera llegar a leer en ella.

* * *

Por la tarde, Robert mandó llamar a Elisabeth para que le acompañara a la casa de su tía, lady Violet Greyswood. Era la primera vez que viajaban juntos en el carruaje. Cuando se acercaron a él, Robert extendió su mano para ayudar a Elisabeth a subir.

—Para una vez que puedo ser yo quien te ayude... —dijo, tratando de quitarle importancia al gesto.

Elisabeth se sentó en el asiento que había detrás del cochero, frente al conde, y Robert sonrió al sentir cómo trataba de mantener la distancia con él.

Por el camino, aprovechó para ponerla al día acerca de la hermana de su padre.

—La tía Violet es un poco especial —dijo, eligiendo sus palabras con tiento—. Desde niña era bastante excéntrica, pero, al parecer, en un momento de su vida terminó de perder la cabeza. Se enamoró de un miembro del servicio del castillo y se fugó para casarse con él. Su padre, mi abuelo, mandó que los buscaran y, aunque ella ya estaba embarazada de él, logró deshacer su matrimonio y traerla de vuelta a Greyswood.

—¿Y qué fue de él?

—El duque dijo que había aceptado una cuantiosa suma de dinero a cambio de desaparecer de la vida de Violet, pero ella nunca lo creyó.

—¿Y el niño? —preguntó Elisabeth.

—El niño nació muerto.

—Dios mío, qué tragedia —exclamó Elisabeth, horrorizada.

—Sí debió de serlo. Al parecer, la tía Violet estuvo más de un año encerrada en el castillo, sin apenas salir de su habitación. Hasta que su padre murió y mi padre, el nuevo duque, la reubicó junto a su dama de compañía en la vivienda a la que vamos ahora.

—¿Y eso hizo que mejorara?

—Sí. Aunque nunca ha llegado a ser del todo normal, retomó la pintura, que le había gustado desde niña, y pidió que le construyeran un invernadero, otra de sus aficiones. Y dejó atrás su pasado. Tanto que ahora a veces no sabe ni quién es.

—Por eso decía en la nota que era su hermana —comprendió Elisabeth.

—Exacto. A menudo me confunde con mi padre. Pero no solo le ocurre conmigo, es algo generalizado.

—¿Y la visitan a menudo?

—Mis padres no, pero Will y yo nos escapábamos a verla siempre que veníamos a Greyswood. Para nosotros era toda una aventura visitar a nuestra tía loca. Al principio, tengo que reconocer que nos daba un poco de miedo hacerlo, pero Violet siempre nos trató con un inmenso cariño y nos colmaba de dulces cada vez que nos veía aparecer. Desde entonces, yo trato de visitarla cuando puedo venir a Greyswood, y me atrevería a asegurar que William lo hace también.

A Elisabeth le gustó lady Violet desde el instante en el que salió a recibirlos y se echó a reír como una niña al ver al conde.

—¡Robert! Cómo eres... ¡Si a ti nunca te ha gustado disfrazarte! Claro que ahora entiendo el porqué. ¡Estás horrible! ¿Qué se supone que eres, un sultán?

Elisabeth tomó la mano del conde para dirigirla como siempre hacia su codo, pero este no dejó que le soltara y entrelazó sus dedos con los de ella.

—Me alegro de que hayas traído una amiga —dijo la mujer, dedicándole a Elisabeth una cálida sonrisa.

—Es Mary, tía Violet.

Violet rio.

—Qué tontería. Mary, dice. Como si no la conociera.

La tía Violet se agarró del brazo libre de Robert y los invitó a atravesar su casa, que estaba decorada con cuadros de motivos alegres y telas floreadas, muy diferente al castillo.

Salieron por el lado opuesto del edificio y dieron a

parar a un patio que precedía al jardín. Allí había una mesa dispuesta con todo lo necesario para una agradable merienda campestre.

Durante la misma, Robert le preguntó a lady Violet por sus flores y sus pinturas, y esta les relató miles de vibrantes anécdotas en las que su imaginación y la realidad se entrecruzaban igual que los hilos de un tapiz.

Elisabeth disfrutó mucho escuchándola y apreció su humor ácido e inteligente. Y respondió a todas las preguntas que le hizo ella tratando de faltar lo menos posible a la verdad. Estaba claro que lady Violet la confundía con otra mujer, una que debía de haber estado muy cerca del duque.

Robert, que no dejó de hacerse pasar por su padre en ningún momento para no poner en evidencia a la anciana, parecía relajado y divertido con la situación. A Elisabeth le gustó mucho verle así, alejado del oscuro ambiente del castillo, participando de aquella extraña comedia en la que cada uno interpretaba un papel.

Cuando la merienda terminó, lady Violet tomó a Elisabeth del brazo y le dijo:

—Cómo me alegro de que Robert te haya elegido finalmente a ti y no a esa estirada de lady Augusta. —Elisabeth miró al conde y este sonrió. Lady Augusta era su madre—. Además, es evidente el amor que le profesas a mi hermano. Se te nota en la mirada, y los ojos no mienten. Os auguro un futuro muy feliz.

Elisabeth le dio las gracias a la mujer mientras Robert tiraba de ella hacia el carruaje.

—Gracias por esta tarde tan agradable, tía Violet —dijo, besando la mejilla de esta.

—Y tú sin querer decirme que estabas en Greyswood... Prométeme que volverás pronto a verme.

—Te lo prometo.

—Y, Robert, no hagas como mi padre y como mi hermano. No pongas el ducado por delante de tu felicidad.

Robert se quedó paralizado mientras sentía las viejas manos de su tía acariciar sus mejillas, convencido de que aquella frase iba enteramente dirigida a él.

Iniciaron la vuelta al castillo en silencio, hasta que el conde preguntó:

—¿Has tenido ocasión de ver el río?

—No —respondió Elisabeth—. No he tenido mucho tiempo libre últimamente...

Robert le pidió al cochero que se detuviera cerca de un recodo del arroyo que recorría sus tierras. Desde allí caminaron hasta ver sus aguas.

—De pequeño solía venir con William a pescar aquí.

Elisabeth sonrió. Ella también lo hacía a menudo con su hermano Sebastian. No pescaba ni un pez, pero le gustaba conversar con su hermano en ese ambiente tan relajado y ver la alegría que le embargaba a él cuando alguna trucha mordisqueaba su anzuelo.

El sol estaba cayendo y se reflejaba perezosamente en el agua. Se encontraban en un área relativamente despejada de vegetación, salvo por algunos árboles salpicados aquí y allá.

—¿Te gusta esto, Mary? —preguntó Robert.

Elisabeth pensó que lo que le gustaría de verdad sería que el conde la llamara por su nombre.

—Es precioso —respondió.

Robert se sentó sobre la hierba y la invitó a que hiciera lo mismo que él. Como siempre, ella procuró mantener cierta distancia con él.

—¿Qué te ha parecido la tía Violet?

El rostro de Elisabeth se iluminó al pensar en la anciana.

—Es fantástica —reconoció—. Me resulta inconcebible cómo el amor puede trastornar a alguien así.

—No creo que ningún sentimiento tenga ese poder. La pobre tía Violet siempre estuvo un poco loca.

Robert arrancó una flor y comenzó a juguetear con ella.

Elisabeth pensó en las parejas que conocía y tuvo que admitir que en la mayoría de ellas el amor brillaba por su ausencia. Pero había algunas excepciones, como aquel noble que renunció a todo por la viuda de su administrador, o esa pariente lejana de su familia que se fugó con su tutor y seguía felizmente casada con él más de quince años después. O el mismo lord Bradford, conde de Bradford, un buen amigo de su hermano que, tras perder a su mujer, había perdido el juicio y se había marchado a la India para tratar de olvidarla. Y luego estaban parejas menos extraordinarias, pero en las que parecía existir verdadera admiración, como Grace y Johnny.

—¿No cree en el amor, milord? —le preguntó al conde.

—No en ese tipo de amor —respondió Robert con sinceridad—. Creo que no es más que un invento para hacernos sentir responsables de otra persona.

Robert se tumbó sobre la hierba y Elisabeth se giró hacia él intrigada.

—¿Un invento, dice? ¿De quién?

Robert sonrió y Elisabeth comprendió lo que estaba pensando.

—¿Cree que es un invento de las mujeres para atrapar a los hombres? —preguntó con asombro—. No creo que sean precisamente las mujeres las que a lo largo de la historia han escrito una y otra vez sobre el amor romántico.

Robert apreció su punto.

—Sin duda, debía de tratarse de hombres alienados —respondió, divertido.

Elisabeth apoyó un brazo en la hierba, aproximando su cuerpo al de Robert sin darse cuenta.

—¿Quiere decir que la preferencia que usted siente por sus hermanos, o por sus amigos, no es real?

—Eso es otra cosa. Hablo de las relaciones amorosas.

—Las relaciones amorosas se llaman así precisamente porque se basan en el amor.

Robert rio. Le gustaba ver a Mary tan vehemente.

—Me he expresado mal. Debí hablar particularmente del matrimonio.

Elisabeth guardó silencio. Pensó en sus padres. El suyo fue un matrimonio concertado, como todos, pero habían acabado queriéndose, o eso había querido ella creer. Y, a juzgar por la tristeza en la que se había sumido su madre tras la muerte de su padre, no debía de estar muy equivocada.

Se preguntó cómo habría sido el matrimonio de los duques de Greyswood y algo le dijo que no muy feliz. Entonces, recordó que la tía Violet había parecido confundirla con alguien.

—Su tía pareció reconocer en mí a otra persona, a alguien cercano a su padre —observó.

Robert sonrió.

—Ya te advertí de que mi tía ve el mundo a su manera.

—Pero parecía tener claro que yo no era su madre —insistió ella.

—Creo que la tía Violet se refería a algún amor de juventud del duque —admitió Robert—. Como ves, el amor no tiene nada que ver con el matrimonio.

—Pues eso no debería ser así —protestó Elisabeth con un hilo de voz.

Robert sonrió.

—¿Y según tú, qué es el amor, inocente Mary?

Elisabeth se encogió de hombros.

—Admirar a otra persona, perdonar sus defectos, apoyarla en los momentos malos. Divertirse con ella más que con ninguna otra, desear pasar cada segundo del día a su lado, confiar en que no nos fallará...

Elisabeth se quedó en silencio. Según expresaba su alegato, se había ido dando cuenta de cuánto se había acostumbrado a la compañía del conde. Cada día se levantaba con la ilusión de volverle a ver y no quería separarse de él.

—¿Nada más? —preguntó Robert con ironía cuando vio que ella no iba a continuar—. Creo que mi madre no estaría de acuerdo con la parte de perdonar los defectos del otro.

Elisabeth creyó que el conde se estaba refiriendo a la relación de los duques, pero no era así.

—Dice que ninguna mujer me querrá como esposo si me quedo ciego —siguió él—. Que, por otro lado, no es algo que me importe demasiado; sería una buena forma de escapar de todas esas jovencitas ansiosas por cazar a un futuro duque.

—¿Y qué más da que esté ciego? —preguntó Elisabeth, obviando el resto del sarcástico comentario del conde.

Robert se incorporó.

—No lo sé. Pero, al parecer, eso eclipsaría mis otras virtudes, si acaso las tengo.

El conde tiró lejos de él la flor con la que había estado jugando.

—Claro que las tiene —aseguró Elisabeth, enojadísima con lady Augusta—. Es un hombre noble que asume sus responsabilidades y trata de hacer su trabajo de la mejor manera posible. Es inteligente, inquieto y divertido, y sabe escuchar a los demás. Aunque no desee reconocerlo, quiere de verdad a los suyos y les da lo mejor de sí mismo. ¡Hasta ha mostrado una sincera preocupación por mí!

Abrumado por todo lo que acababa de decir de él, Robert alargó sus brazos hasta dar con la moza y la atrajo hacia sí.

—Mary...

Elisabeth casi no había terminado de hablar cuando, sin saber cómo habían llegado hasta allí, sintió los cálidos labios del conde de nuevo contra los suyos y sus fuertes brazos envolviendo su cuerpo. El ímpetu del hombre fue tal que cayó sobre la hierba de espaldas, arrastrando a Elisabeth con él.

—¿Está bien? —logró preguntar ella contra sus labios mientras trataba de ver si la venda del conde continuaba en su lugar.

Robert la hizo girar hasta quedar encima de ella.

—Estoy bien, mi dulce Mary —dijo, paseando suavemente su boca sobre la de ella—. Mucho mejor que bien.

Elisabeth cerró los ojos, invadida por el anhelo que estaba comenzando a sentir.

En esa postura, Robert tenía mucho más control del que había tenido en el ático, y pudo recrearse en los sedosos labios de Mary tanto como quiso. Los acariciaba con los suyos, los besaba y los empujaba suavemente, tratando de hacer que se abrieran para él como una flor. Robert se preguntó si todo su cuerpo resultaría así de exquisito, y aquello le produjo una punzada bajo el abdomen.

Elisabeth sabía que no debía permitir al conde hacer lo que estaba haciendo, pero también que aquel tendría que ser, ya fuera de toda duda, su último día en Greyswood. Y quería llevarse con ella un recuerdo al que poder recurrir cuando lo echara de menos.

Los avances del conde eran tan dulces que Elisabeth se abandonó a ellos. Liberó sus brazos para pasarlos alrededor de su cuello y separó sus labios, tal y como sabía, después del beso en el ático, que él la estaba incitando a hacer.

Robert hubiera matado con tal de poder ver el rostro de Mary en ese momento. Imaginó sus ojos entrecerrados y sus labios hinchados, preparados para el placer. Buscó rozar con su lengua la de ella y, al sentir su contacto, Mary se retiró, asustada.

—Mary —susurró él para tranquilizarla, al tiempo que acariciaba su rostro con la mano.

Sentía que el deseo le iba a matar.

Volvió a apresar los labios de ella mientras trataba de quitarle la cofia de la cabeza.

—Oh, Mary, eres tan dulce.

Elisabeth sintió el cuerpo de él duro contra el suyo, y el impulso de abrir sus piernas para permitirle que se acomodara entre ellas. Entonces, la lengua de él volvió a tantearla y ella le respondió con timidez.

Dios mío. Aquella muchacha iba a acabar con él.

Aprovechando que estaban solos, Robert apartó una de sus manos del rostro de ella, mientras seguía sujetándolo con la otra, y comenzó a hacerla descender hacia su pecho.

Elisabeth notó su calidez a través de la tela del uniforme y se apretó más contra él.

Robert gimió y siguió descendiendo por su costado hasta que logró agarrar sus faldas y tirar de ellas hacia arriba. Entonces, Elisabeth sintió su mano subiendo imparable por el interior de sus muslos y algo la hizo volver en sí.

Ella no era Mary; una moza que podía retozar con su señor, e incluso convertirse en su amante. Era Elisabeth, una joven de buena familia que sabía las consecuencias que un encuentro así podía traer para ella y para los suyos y, lo que era aún peor, que también sabía que el hombre que la estaba seduciendo nunca le daría más que lo que le sobrara a él.

Robert sintió el cambio que se producía en ella, cómo sus manos se detenían en su nuca, su boca dejaba de responderle y sus piernas se tensaban bajo su contacto. Supo que aquello que habían iniciado no iba a llegar hasta el final, y guio su rostro hacia el cuello de ella para inundarlo de besos.

—Mary —comenzó a hablar entre beso y beso mientras retiraba la mano de debajo de sus faldas—. Déjame que cuide de ti. Hay una casa camino del pueblo donde podrías vivir, y yo pagaría todos tus gastos con mi renta.

La confundida mente de Elisabeth fue asimilando lo que el conde le estaba proponiendo: que se convirtiera en su querida. No tenía que haberle sorprendido, se lo había insinuado casi desde que se conocieron. Y era lo normal; ella no era más que una moza del castillo, jamás podría aspirar a nada más con él. Pero lo que estaba empezando a sentir la hacía aborrecer que él actuara como lo estaba haciendo. Se imaginó cómo se sentiría si fuera su esposa y él buscara el cariño en alguien como Mary.

—¿Y cuando te cases? —preguntó con voz temblorosa.

—Eso no tiene por qué cambiar nada. Ya sabes que el matrimonio para alguien como yo no significa más que cualquier otro contrato que firme en nombre del ducado. Llegado el momento, se elegirá a la mujer más conveniente para convertirse en la madre del futuro duque, pero eso no tiene nada que ver conmigo, ni con nosotros.

Elisabeth suspiró con tristeza y Robert supo que era mejor no insistir. Ya sabía que conquistar a la hija del maestro no iba a ser tan fácil como hacerlo con cualquier otra. Mary era más inocente, más noble, y por eso tenía todavía más claro que la quería para él. La instalaría en la casita que había en el bosque e iría a visitarla tantas veces como le fuera posible. Aunque nunca serían una verdadera familia, podría darle hijos si ella quisiera, niños que le harían compañía cuando él no estuviera. Haría lo que fuera necesario para hacerla feliz.

Pero ese no era el momento de hacérselo ver a ella. De momento, había avanzado mucho en muy pocos días, más teniendo en cuenta el problema de su visión. Había despertado en ella la admiración y el deseo, y podría jurar que aquel día le había robado sus primeros besos. Aquello le hizo pensar en Johnny, el palafrenero, y no pudo evitar volver a besarla suavemente en la boca, en esa boca que esperaba que el pequeño John no probara nunca.

Se separó lentamente de Mary.

—No tienes que darme una respuesta ahora, pero piénsalo bien. Hablaremos de nuevo cuando regrese de Londres —dijo, tratando de retomar el control de su cuerpo—. Y no temas, dulce Mary. Aunque decidas no aceptarme a tu lado, tu empleo en Greyswood estará a salvo y yo te dejaré en paz para siempre.

Capítulo 13

De vuelta en el castillo, Elisabeth dejó a Robert en su habitación para que se preparara para la cena y se fue directa a la zona de servicio, en busca del señor Wilson.

—Dime, muchacha —la invitó a hablar este cuando le encontró, estudiándola con sus bondadosos ojos azules.

—Me gustaría reunirme con usted a solas —pidió ella.

Wilson asintió y le solicitó a Elisabeth que le acompañara a su despacho, una pequeña habitación con una mesa y un mueble lleno de pequeños cajones que había cerca de la despensa.

—Siéntate —la invitó, antes de cerrar la puerta.

Elisabeth se sentó en el borde de la silla. Estaba muy nerviosa, casi angustiada. No deseaba abandonar Greyswood, pero sabía que no tenía otra opción. En primer lugar, porque se encontraba demasiado cerca de su casa como para estar segura. Y, en segundo lugar, porque no podía seguir trabajando para el conde. Le costaba admitirlo, pero estaba casi segura de haberse enamorado de él. O, mejor dicho, de la imagen que se había hecho de él. Los ratos que habían pasado a solas en el ático o en el jardín, charlando relajadamente sobre la vida; leer para él frente al fuego, cuando el resto de la casa se preparaba para dormir. Los gestos amables y tiernos que él había tenido con ella, y lo que le había mostrado aquel día en el río que podría llegar a sentir si se entregaba a él... El conde había descubierto un mundo nuevo para ella, un nuevo concepto de lo que podía ser la relación entre un hombre y una mujer. Algo que no tenía nada que ver con lo que a Elisabeth le habían inculcado desde niña.

Pero aquel hombre no era real. Estaba herido y fuera de su ambiente habitual. Pronto volvería a Londres y se convertiría en alguien inalcanzable, incluso para la antigua Elisabeth. Y, por otro lado, lo que le estaba ofreciendo no era el amor eterno con el que ella siempre había soñado. Ni siquiera era amor. Aquel hombre quería hacer de ella su amante, apropiarse de su cuerpo y de su alma sin dar él nada a cambio. Y aquello debía de ser algo habitual en él. Por lo que le había dicho Johnny, el conde de Downey se había batido en duelo por una mujer, con toda seguridad alguien con quien nunca hubiera debido relacionarse en cualquier caso. Tal vez incluso por la propia lady Wharton. Elisabeth tenía claro que el futuro duque no era el hombre que ella quería ver, pero no confiaba en ser capaz de recordárselo a sí misma a cada momento.

—Nos vamos —anunció con seguridad—. La señora Smith y yo. Mañana, en cuanto podamos partir.

El señor Wilson la estudió con sus pequeños ojos llenos de sabiduría.

—La señora Smith no me ha comentado nada acerca de esto —constató, dando a entender que le resultaba extraño que se ocupara ella de esos asuntos en lugar de su supuesta tía.

—Ella me pidió que le informara yo de nuestra partida, pero le puede entregar a ella el salario de las dos, si lo prefiere —trató de disimular Elisabeth.

Tenía que haberse esperado a hablar con la señora Smith en lugar de correr en busca del mayordomo, dejándose arrastrar por un impulso.

—Si no me equivoco, hoy hace diez días que llegasteis a Greyswood.

Elisabeth asintió con tristeza. Aquel día se cumplían exactamente diez desde que salieron de la Posada del Ciervo.

—Eso significa que habéis durado mucho más que la última tanda de doncellas que ha pasado por aquí en los últimos tiempos. Espero que todo el mundo se haya portado bien con vosotras.

—Oh, sí, lo han hecho, señor Wilson. Ese no es el motivo de que nos vayamos. Es solo que... debemos continuar nuestro camino.

El hombre la volvió a mirar en silencio, dándole la oportunidad de añadir algo más si así lo deseaba, pero Elisabeth guardó silencio.

—Está bien. Si ese es vuestro deseo, mañana al mediodía os entregaré vuestro sueldo y Johnny os acompañará al pueblo.

—Muchas gracias, señor Wilson —respondió Elisabeth mientras se levantaba y, antes de dejar la habitación, añadió—: Y, por favor, no le diga nada de esto a nadie.

Elisabeth no mencionó específicamente al conde, pero la mirada del mayordomo le hizo saber que la había entendido.

—Saldremos mañana, tan pronto como William se levante.

Mientras respondía a la pregunta que le acababa de hacer Robert, Diana se sentó junto a él y tomó su mano. Así al menos su hermano sentiría su presencia cerca, ya que no la podía ver.

—Debe de ser muy duro vivir siempre en la oscuridad —observó.

Robert asintió. Estaba especialmente serio esa noche. Volver a verse solo en Greyswood con su discapacidad no le parecía tan atractivo ahora que la marcha de su familia estaba tan cerca.

—Hoy he conocido a Mary, la doncella —le dijo Diana.

Él trató de no reaccionar a las palabras de su hermana, pero Diana sintió cómo su cuerpo se tensaba.

—Parece muy agradable.

—Lo es.

—¿Más que lady Marian? —preguntó ella arqueando las cejas.

Robert sonrió recordando los besos que le había robado a la doncella esa misma tarde, y apretó la mano de la pérfida Diana antes de soltarla sin decir nada más.

En el otro extremo de la habitación, su hermano William se servía su tercera copa de brandi.

—Hijo, me voy a retirar. Acompáñame a mi habitación —le ordenó su madre—. Y tú también deberías acostarte ya. De lo contrario, mañana lamentarás haber terminado con las reservas de alcohol de Greyswood.

William apuró su copa de un trago y, tras dejarla con un gesto de hastío sobre una mesita, le ofreció el brazo a su madre y abandonó con ella la habitación y a sus hermanos.

Elisabeth había subido a los aposentos del conde. Sabía que no le encontraría allí todavía, pero pensó en esperarle por si quería que leyera un poco para él. Guardaba la esperanza de que así fuera; aquella sería la última noche que lo hiciera.

Encontró *El vicario de Wakefield* sobre una mesa y comenzó a pasar sus hojas, dándole la espalda a la puerta.

—Vaya, vaya... ¿A quién tenemos por aquí?

Lord William entró en la habitación con aspecto de haber bebido más de la cuenta.

—Milord —le saludó Elisabeth, haciendo una pequeña inclinación.

—¿Está leyendo? Es usted un dechado de virtudes, Mary.

—Solo estaba esperando a su hermano, milord. Pero ya me iba.

—Oh, no, por favor. No se vaya por mí.

William se acercó hasta ella.

—¿Ha cuidado de Robert, como le pedí?

Elisabeth bajó la mirada.

—Sí, milord.

Él extendió su mano y acarició la mejilla de ella.

—¿Y qué tendría que hacer yo para recibir esos mismos cuidados?

El corazón de Elisabeth comenzó a latir con fuerza. Lord William le impedía ver la puerta, y no lograba recordar si él la había cerrado al entrar. De haberlo hecho, ¿la oiría alguien si necesitaba pedir ayuda?

—Mary —la llamó él, rodeando su cintura con su mano libre.

Elisabeth podía oler el alcohol en el aliento de él.

—Milord —logró decir de manera prácticamente inaudible.

No sabía qué le sucedía, pero no parecía capaz de reaccionar.

Él besó suavemente su mejilla.

—Te prometo que Robert no se enfadará por esto —le aseguró, repitiendo el gesto con el otro lado de su cara.

La mención al conde pareció infundir algo de valor a Elisabeth, quien levantó sus manos y presionó suavemente el pecho de su hermano.

—Milord, no —dijo con un hilo de voz.

Sin embargo, Willam no cedió y la sujetó con más firmeza mientras buscaba su boca.

—No lo haga, milord —rogó ella con más claridad.

En ese momento, una voz femenina los interrumpió:

—William.

El hombre se volteó y Elisabeth pudo ver al conde y a su hermana en la puerta de la habitación.

—¿Qué sucede? —preguntó Robert, mientras Diana los miraba con espanto.

—William, deja a la muchacha en paz. ¿No la has oído?

William soltó a Elisabeth y esta se apartó de él de forma apresurada.

—Venga aquí, Mary —la llamó lady Diana.

—Oh, vamos, Diana. Si no ha pasado nada —se justificó William, riendo.

En ese momento, el conde pareció comprender lo que su hermana había visto e, invadido por la ira, se abalanzó hacia el lugar de donde procedía la voz de su hermano.

—¡Robert!

El grito de lady Diana resonó en la habitación. Lord William, a pesar de tener las venas cargadas de alcohol, logró esquivar el fuerte puño de su hermano, y este, al no poder ver cómo se apartaba, cayó inevitablemente hacia delante. Lo hizo sobre la mesa donde se encontraba el libro que Elisabeth había pretendido leerle esa noche. El sordo ruido que hizo al caer se unió al de la mesa rompiéndose bajo su peso, y al de todo lo que había sobre ella también. Durante los primeros segundos después de tocar el suelo, el conde no se movió.

—¡Robert!

Diana volvió a gritar y, tanto ella como Elisabeth, corrieron a auxiliarle. William se tambaleó asustado, sin poder disimular su conmoción.

—¡Robert! —repitió lady Diana al tiempo que tomaba la mano de su hermano mayor.

Elisabeth se agachó junto a él y le levantó suavemente la cabeza para acomodarla sobre su falda. Tras ello, el conde empezó a reaccionar.

Emitió un gemido similar al que Elisabeth le había escuchado en su cama la noche que tuvo que calmar su dolor con el láudano, y se llevó las manos a la cabeza.

—Robert, ¿estás bien? —preguntó su hermana angustiada.

—Está todo rojo —dijo él, asustado.

—¿Puedes ver? —preguntó Elisabeth, olvidando que no debía tutearle.

—Solo una enorme mancha roja —respondió él.

—¿Antes no era así? —insistió lady Diana y él negó.

—Tiene que revisarle un médico —señaló entonces Elisabeth.

—Podemos llamar al doctor Hopkins —sugirió lady Diana.

—No —intervino por fin William, consciente de que Hopkins, el médico de Greyswood, era un carnicero que no tendría ni idea de cómo tratar adecuadamente a su hermano—. Le llevaré a Londres.

—Quitadme esto —pidió entonces Robert, tratando de arrancarse los vendajes.

—No, hermano, no hagas eso. Aguanta un poco más —trató de tranquilizarle William, agachándose también junto a él y apartándole las manos del rostro con suavidad—. En un par de días estaremos en la consulta del mejor galeno de Inglaterra, te lo prometo.

Robert cedió a sus palabras.

—Mary —llamó entonces William—. Ve a las cuadras. Dile al señor Forney que preparen un carruaje. Saldremos de inmediato. Y que metan un cubo de hielo para el camino. El peso extra no nos viene bien, pero me temo que será necesario.

Elisabeth asintió y, tras acariciar la mejilla del conde, salió corriendo a cumplir su cometido.

—Diana, tú me ayudarás a reunir todo lo que podamos necesitar para el viaje.

Diana asintió también.

—¿Debo avisar a nuestra madre?

—Ni se te ocurra —le advirtió su hermano—. Ya lidiaremos con ella en Londres.

Diana besó a Robert en la misma mejilla que había visto a la doncella acariciar segundos antes y se marchó también.

William ayudó a su hermano a ponerse en pie y a sentarse después en su sillón.

—¿Puedo dejarte solo un segundo? —le preguntó.

Robert no le respondió.

—Robert, me vas a tener dos días encerrado en un carruaje. Hazme pagar por esto entonces, pero ahora te necesito, maldita sea.

Su hermano hizo entonces un gesto de asentimiento y William corrió en busca de un lacayo para que le hiciera compañía mientras él acudía a la cocina a ordenar que les preparan algo para comer en el camino.

Cuando Elisabeth regresó de cumplir su cometido en las cuadras, no pudo evitar subir a ver cómo se encontraba el conde. Lady Diana estaba con él.

—Pasa, Mary —la invitó esta con amabilidad.

Elisabeth se acercó hasta la butaca. Robert tenía la cabeza apoyada contra el respaldo y la mandíbula contraída. Elisabeth apretó también los dientes con impotencia.

—Mary —la llamó entonces él, extendiendo su mano para que ella la tomara.

Elisabeth se acercó un poco más y posó su pequeña mano sobre la de él, las lágrimas asomándose a sus ojos. Así que aquella iba a ser su despedida...

—Mary, no te vayas —le pidió entonces él, y Elisabeth supo que el señor Wilson había faltado a su promesa de no advertir a nadie sobre su marcha—. Espérame hasta que vuelva de Londres. No me abandones sin más.

Elisabeth cerró los ojos, liberando su llanto. En el estado en el que se encontraba el conde no podía decirle que tenía que marcharse, pero tampoco le quería mentir.

—Por favor, Mary. Por favor —repitió él.

Lady Diana observaba la escena asombrada. Nunca había visto a su hermano rogarle a alguien algo de ese modo. Y la criada lloraba como si no hubiera vuelta atrás. ¿Qué tipo de doncella rechazaría así a un futuro duque?

En ese momento, William apareció en la habitación.

—Ya está todo listo —anunció, mientras se acercaba a ellos con sus pesadas botas repiqueteando contra el suelo y la capa de su hermano colgándole del brazo—. Nos vamos.

Capítulo 14

Cuando Elisabeth se levantó a la mañana siguiente, la señora Smith estaba ya terminando de recoger sus pertenencias. La mitad de los habitantes de la casa continuaban durmiendo y los que no lo hacían comenzaban con las tareas del nuevo día mientras se iba extendiendo entre ellos el rumor de que el conde y su hermano se habían marchado de madrugada. Todo el castillo esperaba a que la duquesa se enterara de la noticia sumidos en un tenso silencio.

En la cocina, Elisabeth se cruzó con el señor Wilson, quien le preguntó si la señora Smith y ella todavía deseaban marcharse. Ella no le reprochó que le hubiera contado al conde su conversación; simplemente asintió.

Después, se puso a disposición de la señora Carlton.

—Vaya con las otras doncellas a poner orden en la habitación de lord Downey —le dijo esta—. Será mejor que la duquesa no descubra el desaguisado que se ha montado allí.

Elisabeth hizo lo que le decían y entró por última vez en el cuarto del conde. Fue la primera en llegar, y pasó lentamente frente al inmenso lecho en el que había visto yacer a Robert, llenándolo con su cálida presencia, cubierto solo por un camisón. Tomó una taza que había sobre la mesita de noche; era la infusión que él tenía que haberse bebido el día anterior. Sorteó después la mesa sobre la que había caído el conde, descompuesta ahora en mil pedazos, y rescató de entre ellos el abrecartas que ella había utilizado para abrir su correspondencia y el libro de *El vicario de Wakefield*, que, aunque había quedado algo maltrecho, parecía haber sobrevivido al accidente.

Siguiendo un impulso, dejó todo lo que estaba cargando sobre otra mesa y procedió a abrir las pesadas cortinas y las ventanas para dejar pasar la luz. Sin embargo, su gesto fue inútil; fuera apenas empezaba a amanecer.

Se acercó al sillón donde había visto al conde por última vez, donde habían juntado sus manos y él le había rogado a Mary que no se marchara, cuando Grace y otras dos doncellas se presentaron en el dormitorio.

—¡Vaya, cómo está esto! —exclamó una de ellas.

—Dicen que ayer el conde y su hermano se pelearon —respondió la otra.

—Menudos gallos, ¡quién los hubiera visto! —rio la primera, mientras Elisabeth le dirigía a Grace una mirada atormentada.

—¿Estás bien? —le preguntó esta acercándose a la chimenea—. Tienes mala cara.

—He dormido poco —se justificó Elisabeth.

Grace asintió.

—Me ha dicho mi tío que presenciaste lo de anoche.

Elisabeth trató de recordar qué explicación había dado lord William para aquel desastre, pero fue incapaz.

—Tuvo que ser impresionante. Me dijo que el conde se mareó y se cayó.

Elisabeth asintió despacio, pero no dijo nada.

—Bueno, vamos a limpiar esto —resolvió Grace, tomándola del brazo—. Tú no te esfuerces mucho hoy.

Elisabeth sonrió con cansancio y pensó en cuánto iba a echar de menos a la joven Grace. Y pensar que unos días atrás ni siquiera habría mirado hacia una moza como ella...

Comenzaron a recoger la habitación cuando la duquesa apareció en ella como una exhalación.

—¡Así que es cierto! —exclamó.

Lady Diana entró tras ella.

—Ya se lo he dicho, madre. Tuvieron que salir con gran precipitación.

—Mira que no avisarme... No os lo perdonaré nunca.

Lady Augusta miró con horror el desastre que había en el suelo y lady Diana le dirigió una mirada aterrada a Elisabeth.

—Se cayó de espaldas, ¿verdad, Mary? —dijo, buscando su complicidad.

—Sí, milady. Perdió las fuerzas y... se desvaneció.

Lady Diana cerró los ojos en señal de alivio.

—¿Usted estaba con él? —preguntó la duquesa, casi en un grito.

—Sí, milady —respondió Mary con la mirada gacha.

—Qué desastre —declaró la duquesa antes de abandonar la habitación con el mismo ímpetu con el que había llegado, sin dejar claro si su comentario se refería al estado en el que se encontraba la misma o al hecho de que Elisabeth se hubiera encontrado en ella la noche anterior.

Lady Diana le dirigió a Elisabeth una mirada de disculpa y salió detrás de su madre.

Elisabeth tuvo que sentarse en el borde de la cama para no desmayarse ella también.

—Estás agotada, Mary. Ve a ver a la señora Carlton y pregúntale si puedes descansar un poco. Creo que la duquesa quiere partir hacia Londres de inmediato, así que no debería de haber problema.

Elisabeth asintió y, tras echar un último vistazo a la habitación, salió de ella.

Sin embargo, en lugar de dirigirse hacia la zona de servicio, tal y como le había sugerido Grace, atravesó el pasillo hasta la escalera que conducía al ático.

Subió los escalones despacio, como si no pudiera soportar el peso de su propio cuerpo. En el pasillo, se detuvo un instante frente al retrato del antepasado del conde, el bravo guerrero cuya endiablada mirada había heredado lord William. Después, continuó hasta el estudio donde habían pasado horas y horas trabajando en la rueda.

La puerta se encontraba entreabierta y la habitación parecía muy vacía sin la presencia del conde en ella.

La rueda continuaba sobre la mesa, rodeada de las tablillas que les habían sobrado, y sus dos sillas miraban vacías hacia ella. Elisabeth recordó a Robert riendo relajadamente, con las mangas remangadas dejando ver sus fuertes brazos y sus manos, esas manos capaces de demostrar tanta ternura, apoyadas sobre sus muslos.

Se acercó al ventanal y observó los inmensos dominios de Greyswood mientras el sol peleaba por asomarse en un cielo cubierto de nubes. A lo lejos, pudo apreciar el polvo que el carruaje de la duquesa dejaba a su paso.

Acarició el respaldo de la silla que había ocupado el conde y, suspirando, tomó una tablilla de la mesa antes de desandar el camino hasta la escalera. Esa vez no tuvo el valor de devolverle la mirada al guerrero al pasar a su lado, pero pudo sentir sus oscuros ojos clavados en su espalda, como si la estuviera culpando por atreverse a abandonar a un hombre de su sangre.

No encontró a la señora Carlton en el camino, así que se dirigió hacia su habitación. Cuando abrió la puerta de la misma, se encontró con la figura recortada de un hombre frente a la ventana. Había abierto el baúl y sostenía algunas de sus prendas de vestir entre sus manos. Al oír la puerta, el hombre se volvió.

—Sebastian —se sorprendió Elisabeth.

Durante un instante, vio cómo el rostro de su hermano reflejaba el alivio de encontrarse con ella, pero este desapareció inmediatamente para dar paso a la ira.

—Elisabeth. ¿Qué demonios es esto? —dijo, mostrándole los vestidos mientras repasaba el extraño atuendo que llevaba puesto su hermana—. ¿Y qué diablos estás haciendo aquí?

La señora Smith apareció en la puerta de la habitación, y tras ella la señora Arnold y un lacayo. Poco a poco, más empleados de la casa se fueron sumando a ellos, provocando que Sebastian se pusiera en marcha.

—Señora Smith, recoja esto inmediatamente. Nos vamos.

Sebastian arrojó los vestidos de Elisabeth sobre el baúl mientras la señora Smith se apresuraba hacia ellos. Después, el marqués agarró a su hermana de la mano y la arrastró fuera de allí.

Unos minutos más tarde, unos lacayos ayudaban al cochero del marqués de Somerset a cargar el baúl de Elisabeth en el carruaje, y los dos hermanos Alwood y Agnes salían atropelladamente de allí.

Al igual que a la ida, la señora Smith parecía dispuesta a hacerse todo el camino de vuelta sollozando.

—Si no se calla, haré que se siente en el pescante —la amenazó Sebastian en un momento dado.

El hermano de Elisabeth llevaba más de una hora sin abrir la boca y ella tampoco se había atrevido a hacerlo. Ni siquiera lo hizo en ese momento para salir en defensa de la pobre Agnes.

—Nos detendremos en Milford para que te quites esas ropas —le dijo a Elisabeth sin mirarla—. No quiero que madre te vea así.

Ella siguió sin pronunciar palabra.

—¿Sabes lo preocupada que ha estado por ti? —preguntó entonces Sebastian.

Elisabeth se lo podía imaginar.

—Hacerle esto después de lo que ha pasado con nuestro padre... Hacérnoslo a todos.

Su rabia era tal que las palabras le salían a borbotones. Elisabeth estaba atemorizada; aquel no parecía su hermano.

De pronto, Sebastian golpeó el techo del carruaje y le pidió al cochero que se detuviera.

Saltó de la cabina y se alejó hacia el bosque. La señora Smith miró hacia Elisabeth con temor cuando oyeron un fuerte grito, una especie de aullido. Elisabeth salió del carruaje y la señora Smith hizo amago de ir tras ella.

—No —dijo la joven—. Usted espere aquí.

Elisabeth recogió la falda de su vestido, igual que había hecho en una ocasión para correr a socorrer al conde, y se adentró entre los árboles.

No tardó en localizar a su hermano, una mancha negra entre las mil tonalidades de verde que había a su alrededor. Tenía las manos en la cabeza y caminaba agitado de un lado a otro.

Elisabeth se acercó hasta él.

—Sebastian —le llamó.

Él se detuvo para mirarla. Tenía sus preciosos ojos azules, tan parecidos a los de su padre, inyectados en sangre.

—¿Tienes idea de lo que nos has hecho sufrir? —bramó—. ¡Pensábamos que te habíamos perdido! ¡Que te habíamos perdido como a él!

Los ojos de Elisabeth se llenaron de lágrimas al revivir el dolor que se había apoderado de ella cuando descubrió que su padre había muerto, que se había quitado la vida.

—Debería apalearte. Debería abandonarte aquí mismo, ahogarte con mis propias manos.

Sebastian hablaba de manera entrecortada a causa de la emoción.

Elisabeth se dejó caer de rodillas.

—Hazlo, Sebastian —respondió llorando—. Hazlo, maldita sea.

Se cubrió el rostro con las manos y sollozó sin consuelo. Entonces, sintió cómo su hermano se hincaba de rodillas junto a ella y la rodeaba con sus brazos.

Estuvieron largo rato así, abrazados en mitad del bosque, lamentando lo que habían perdido. Sufriendo por su familia y por ellos mismos. Por las responsabilidades que habían caído de pronto sobre los hombros de ambos.

Finalmente, el llanto de Elisabeth se fue calmando y Sebastian se separó de ella para sentarse a su lado. Continuaron así varios minutos más, en silencio, hasta que Sebastian habló:

—¿Por qué lo has hecho, Lizzy?

El corazón de Elisabeth se llenó al escuchar el apelativo que su hermano había utilizado con ella desde su infancia. Le pareció esperanzador oírlo de nuevo, como si fuera un indicio de que Sebastian podría llegar a perdonarla.

—No quería casarme con Weiss. Temía que me obligarais a hacerlo.

—Yo nunca te habría obligado a algo así —replicó Sebastian.

—Eso lo crees ahora, después de todo lo que ha pasado —dijo Elisabeth con calma—. Pero el conde no te pareció tan mal partido cuando te trasladó sus intenciones inicialmente, y librarte de una de nosotras te hubiera facilitado mucho las cosas.

Hacía poco más de un año que Sebastian se había encontrado de manera precipitada y, sin duda, no deseada, con la responsabilidad de cargar con el marquesado y con su familia. De pronto, había pasado de vivir sin rendir cuentas ante nadie a tener que solucionarles la vida a tres jovencitas a las que adoraba, pero con las que no tenía ni idea de qué hacer. Y, además, estaba el asunto de las deudas de su padre, de las que ni siquiera había hablado todavía con su madre y sus hermanas. Pensó en las palabras de Elisabeth, y supo que, en el fondo, tenía razón. Quince días atrás, habría querido que aceptara casarse con el viejo conde de Weiss.

No se lo dijo a Elisabeth, pero volvió a envolverla con sus brazos y fue a besarle su precioso cabello del color de la madera de los árboles que los rodeaban. Sus labios se encontraron con la cofia de ella y se la quitó con cuidado.

—¿Has estado trabajando como doncella? —adivinó.

—Como moza... —le corrigió Elisabeth con una mueca, arrancándole a su hermano una sonrisa.

—¿Y cuál era tu plan? ¿Quedarte para siempre en Greyswood?

—No. Hoy mismo iba a partir hacia Portsmouth.

Sebastian se figuró que su hermana había planeado fugarse de Inglaterra. Volvió a abrazarla y dijo:

—Menos mal que he llegado a tiempo.

Pero Elisabeth no estaba tan segura de que aquella hubiera sido la mejor solución.

—No sé si podremos arreglar esto —dijo.

—¿Le dijiste a alguien quién eres? —preguntó Sebastian, aunque, de haber sido así, le habría resultado extraño que nadie se hubiera puesto en contacto con él. Habitualmente, los nobles se ayudaban entre ellos.

—No, a nadie —le confirmó Elisabeth—. Pero cualquiera puede haber notado mi ausencia.

—Eso sí —le dio la razón su hermano—. La temporada está en pleno apogeo, y ya te han echado de menos en Londres. Adujimos que estabas enferma y, con la muerte de padre tan reciente, nadie quiso indagar más, pero ya sabes que al final todo se termina sabiendo.

Elisabeth pensó en las consecuencias que eso tendría para ella. Caería en desgracia y arrastraría con ella a su familia, e incluso el nombre del ducado de Greyswood podría verse afectado.

Inspiró hondo y reunió todo el valor que le quedaba antes de decir:

—Quizás sea mejor que me dejes marchar.

Pero Sebastian no lo dudó ni un segundo.

—Eso jamás.

Se detuvieron en Milford, tal y como había planeado Sebastian, y, tras una breve parada, retomaron el viaje con el fin de llegar a Loseley Park al anochecer. En otras circunstancias habrían hecho noche por el camino, pero Sebastian quería devolverle a Elisabeth a su madre lo antes posible.

Por fortuna, la señora Smith se acabó durmiendo con el traqueteo del coche y la última parte del viaje fue más tranquila.

Elisabeth, por su parte, no sucumbió al sueño, pero se mantuvo mucho rato con sus hinchados ojos cerrados, dejándose mecer por el carruaje mientras trataba de adivinar dónde se encontraría el conde de Downey en cada momento. Probablemente, lord William y él se habrían detenido a descansar un poco antes de continuar su viaje con el fin de llegar a Londres al amanecer. Se preguntó cuál sería el diagnóstico final de la vista del conde. Buscaría la forma de averiguarlo; no podría vivir con la angustia de no saber qué había sido de él.

Elisabeth volvió la vista hacia su hermano. Él también estaba despierto, con la cabeza apoyada en el asiento de capitoné, pensando en Dios sabría qué. Tenía el cabello revuelto por las emociones, pero parecía en paz. Elisabeth sintió un gran amor por él y alargó su mano hasta dar con la de Sebastian.

—¿Cómo me encontraste? —preguntó.

Él señaló hacia la señora Smith, que roncaba frente a ellos.

—Envió una carta a Londres.

—¿De veras? —se asombró Elisabeth—. ¿Me delató?

Sebastian negó.

—La envió a la atención del servicio de la residencia Somerset y no puso remite. Pero el tendero de Greyswood escribió una G y la fecha de envío en el sobre, y eso nos dio la pista para dar con él.

Elisabeth supuso que la señora Smith habría enviado la carta el día que fueron al pueblo con Johnny para comprar el material para la maqueta del conde. Tenía que haberlo imaginado.

Suspiró.

—¿Madre está en Artington? —quiso saber.

Suponía que sería así, pero quería asegurarse. Cuando ella se fue de casa, llevaban todos varios meses instalados en Londres.

—Sí. Cuando supimos que podías estar en Greyswood partió hacia allá. Yo me adelanté a caballo y cogí el carruaje de Loseley Park.

—¿Y nuestras hermanas?

—Ellas se quedaron en Londres, por lo que pudiéramos encontrar.

Recordando sus peores temores, Sebastian se llevó la mano de Elisabeth a los labios y ella apoyó la cabeza en su hombro.

—Soy demasiado blando para ser marqués —confesó Sebastian cerrando los ojos.

Elisabeth rio.

—Eres el mejor marqués del mundo —replicó.

Cuando entraron en Loseley Park la impresión de todos allí fue mayúscula. Alguien había alertado de que se acercaba el carruaje del marqués y gran parte de los miembros del servicio acudieron al recibidor junto a lady Somerset. Cuando Sebastian entró en la casa acompañado de una doncella, las manos de la madre del marqués temblaban sin control.

Entonces, la muchacha levantó la cabeza y lady Somerset pudo reconocer el rostro de su hija.

—¡Elisabeth!

Elisabeth corrió a sus brazos y las dos mujeres rompieron a llorar. De vez en cuando, la madre ponía cierta distancia entre ellas para comprobar que realmente estaba abrazando a su hija y que esta se encontraba bien, y volvía a apretarla después de nuevo contra sí.

Tras concederles unos minutos, Sebastian dio la orden a sus empleados de que los dejaran solos y, con gran delicadeza, guio a las dos mujeres hacia el salón.

Una vez allí, Elisabeth volvió a explicarles a los dos los motivos de su repentina huida y se disculpó mil veces por haberles hecho sufrir tanto con ello. Les contó también que había estado trabajando como moza en el castillo de Greyswood, arreglando habitaciones y sirviendo a la familia del duque, y les tuvo que prometer varias veces que allí nadie la había tratado mal. No les dijo nada sobre la ceguera del conde, ni de lo cerca que había trabajado de él.

—Allí me conocían como Mary —les terminó de exponer.

—Conozco bien a William Hassett —dijo entonces Sebastian—. No tiene buena fama en ciertos ambientes.

—Lord William no estuvo más que un par de días allí —le tranquilizó Elisabeth.

—¿Y dices que también estuvo la duquesa? —se interesó entonces su madre—. ¿Crees que te reconocería? Lady Augusta tiene fama de ser una mujer a la que nada se le pasa por alto.

—Fuera de ese ambiente y vestida con otras ropas, no lo creo, madre.

—¿Y Robert, lord Downey? —inquirió Sebastian.

—El conde seguro que no me reconocerá —les pudo garantizar Elisabeth.

—En ese caso, y dada la poca relación que tenemos con los Greyswood, podemos intentar que esto no salga a la luz —propuso su madre—. Simplemente, trataremos de dejarlo pasar.

Sus hijos se mostraron de acuerdo.

—Pero tú no creas que no vas a recibir un buen castigo por esto, jovencita —le dijo entonces la marquesa a Elisabeth y, mirando a Sebastian, añadió—: Cuando estemos en Londres hablaremos de ello.

Su hijo asintió.

—Deberíamos partir lo antes posible. Elisabeth tendrá que dejarse ver en sociedad y, con un poco de suerte, encontrará un marido que le agrade más que Weiss antes de que alguien descubra su peculiar aventura.

Capítulo 15

Tardaron dos días en poner rumbo a Londres. El primero de ellos, Elisabeth lo pasó prácticamente entero durmiendo. Tenía mucho sueño atrasado y, aparte de eso, por algún extraño motivo, la idea de volver a su vida anterior se le antojaba insoportable. Y eso que no había pasado ni quince días en Greyswood.

Solo logró reunir fuerzas para dar un pequeño paseo por el jardín de Loseley Park, la residencia donde había pasado la mayor parte de su infancia. Allí, Elisabeth se acomodó en un banco y trató de contagiarse de la paz que emanaban la casa de estilo georgiano, con formas clásicas mucho más amables que el agresivo Greyswood, y su jardín, con más flores y arbustos de los que parecía que pudieran caber en ese espacio. Mirara donde mirara Elisabeth, todo era color, vida y alegría. Todo menos su interior.

Cuando se juntaban para comer, su hermano y su madre parecían debatirse entre hacerle pagar por lo que había hecho y consolarla ante su más que evidente tristeza. Aunque trataba de disimularla, la desdicha de Elisabeth era notable.

A primera hora del tercer día partieron hacia Londres.

La alegría de las hermanas de Elisabeth al verla fue

inmensa. Sebastian había enviado un mensajero para adelantarles que la habían encontrado y que estaba bien, pero aun así, hasta que no vieron llegar a su hermana mayor, las chicas no llegaron a creerlo. Olivia, la hermana que seguía a Elisabeth en edad, fue la que más impresionada pareció por su aventura.

—¿Dices que limpiabas las chimeneas y las habitaciones? —preguntó asombrada.

—Desde las cuatro de la madrugada que estaba en pie —respondió Elisabeth.

—¿Y tuviste que hacer algo especialmente desagradable? —insistió su hermana.

—Veamos... ¿Limpiar los orinales te lo parece?

Olivia puso el grito en el cielo y su madre le llamó la atención. Sus tres hijas ocupaban el mismo sofá, con la gran protagonista del día en el medio, mientras ella las observaba desde otro asiento de la sala.

Sebastian, que ojeaba el correo que había recibido esos días con su imponente figura en pie, no pudo evitar sonreír ante la expresividad de Olivia.

—Horrible, sí —aceptó Elisabeth riendo.

—¿Y conociste a la duquesa? —preguntó la dulce Amelia.

—La conocí. Es bellísima, aunque terriblemente fría y estricta.

—Así no se le escapará ninguna hija —intervino su madre, que no dejaba de sentirse culpable por el episodio que había protagonizado Elisabeth.

—¿Y a lord William? —quiso saber Olivia—. Dicen que es muy agraciado.

—Tanto como inadecuado —intervino Sebastian, consciente de que lord William Hassett era un libertino.

—Es muy atractivo —confirmó Elisabeth bajando la voz—. Aunque me temo que Sebastian tiene razón.

Olivia suspiró, soñadora. Estaba deseando incorporarse a su primera temporada, algo que habría hecho ya si su hermana no hubiera desaparecido. Sin embargo, lo había pasado demasiado mal por Elisabeth como para culparla por ello y, ahora que la tenían de vuelta, se consolaba pensando que su ausencia dotaría a la familia de cierto halo de misterio, lo que podría favorecerla a la hora de despertar el interés de los pretendientes más solicitados.

—¿Y al primogénito del duque no le conociste? —preguntó entonces la pequeña Amy.

—Sí, lo conocí —respondió Elisabeth, tratando de ocultar los sentimientos que aquello le provocaba.

Sebastian levantó la mirada al tiempo que su madre decía:

—¿Lo hiciste? Creí entender que no.

—Yo también —corroboró él.

—No dije que no lo conociera —aclaró Elisabeth—. Dije que él no me podría reconocer a mí.

—Bueno, eso es normal —replicó la madre—. Ningún noble miraría hacia una moza, menos aún un heredero.

Elisabeth agachó la mirada. No quería decirles que el conde estaba ciego, ni que sí había mirado hacia ella a su manera. Recordó la calidez de sus besos y cómo había sentido su fuerte cuerpo sobre el de ella el día que se detuvieron en el río. Pensó en si aquello se sentiría igual con cualquier otro hombre, y algo en su interior le dijo que no.

—¿Hablaréis con la duquesa de Greyswood? —preguntó Olivia, aupándose en el respaldo del sofá para poder mirar a su hermano.

—¿Para qué? —cuestionó este.

—Para pedirles su silencio, claro está.

—No. Tenemos la esperanza de que nada de esto salga a la luz.

Olivia miró a Elisabeth y a su madre, que confirmaron las palabras de su hermano con un asentimiento, y pensó que aquel silencio quizás no la fuera a beneficiar tanto.

La primera noche que volvió a pasar en su cuarto de Londres, a Elisabeth le costó conciliar el sueño. A pesar de que la decoración de su dormitorio, en tonos rosas y con las almohadas cubiertas de volantes y encajes, la hacía sentirse como si fuera de nuevo una niña por la que su hermano y su madre velarían siempre, sentía un gran desasosiego en su interior.

La señora Smith fue a verla a la habitación. La dama de compañía de Elisabeth había estado un poco desaparecida los últimos días, tratando de evitar cruzarse con su madre y su hermano.

—¿Cómo se encuentra, milady? —le preguntó cariñosamente, mientras se acercaba con cautela a su cama.

—Ay, Agnes. Me siento tan fuera de lugar...

—No diga eso, señorita. ¡Si por fin estamos en casa!

—¿Por eso escribió esa carta? ¿Para hacernos volver? —preguntó Elisabeth.

—No, señorita. Le doy mi palabra de que nunca pensé que nos fueran a descubrir —le aseguró la señora Smith con gran sentimiento—. Lo lamento mucho; tenía que haberle consultado antes de enviar esa nota. Pero me imaginaba a todos aquí tan preocupados que necesitaba hacerles saber que estábamos bien.

Elisabeth asintió comprensiva y le dijo que no se preocupara más. Algo le decía que, en cualquier caso, nunca habrían llegado a tomar ese barco.

La señora Smith, agradecida, acomodó la colcha y las almohadas de Elisabeth, y recogió el cepillo que esta había utilizado en su cabello antes de acostarse.

Cuando no encontró nada más que hacer, se preparó para marcharse.

—Le echo de menos, Agnes —confesó entonces Elisabeth, rompiendo a llorar.

La señora Smith miró apurada a su alrededor, como si temiera que alguien más la hubiera escuchado.

—No diga eso, señorita —le pidió.

—¿Y si nunca dejo de hacerlo? —insistió la joven.

—Lo hará, señorita. Claro que lo hará. Ya le dije yo que no debía pasar tanto tiempo con ese hombre. No debí permitirlo.

Elisabeth suspiró, sabiendo que la señora Smith no le iba a brindar mucho consuelo.

Pero no tenía a quién más acudir. Nadie podía saber todo el tiempo que había pasado junto al conde, ni cómo le había atendido y cuidado. Lo cerca que había estado de él para aplicarle el hielo, cómo había visto su cuerpo medio desnudo a la luz del fuego. Que había sentido el aliento de él sobre su piel, el roce de sus labios en los suyos, las caricias de sus fuertes manos... No podría hablarle a nadie de todo eso jamás. Solo él sabría todo lo que habían vivido juntos y lo cerca que habían estado el uno del otro. Pero tampoco a él lo vería más, ni, por supuesto, le podría hablar de ello y de lo que recordarlo la hacía sentir. Aparte de que, para el conde, probablemente todo eso no había significado nada.

Sebastian y su madre decidieron que las hermanas Alwood volvieran a presentarse en sociedad pasados cuatro días desde la llegada de Elisabeth, en la fiesta de los marqueses de Crewe. Las doncellas de la casa, capitaneadas por la señora Smith, se encargaron de devolver los vestidos de Elisabeth a su lugar, arreglando los que habían quedado arrugados por la descuidada manipulación que Sebastian había hecho de ellos en Greyswood.

Elisabeth acompañó a Olivia y a su madre a la modista en varias ocasiones y aprovecharon esas salidas para comprar lazos y horquillas con los que adornar los bonitos cabellos de las jóvenes. También dio largos paseos en carruaje con Amelia por la ciudad y retomó sus partidas de ajedrez con ella; cualquier cosa con tal de distraer su mente.

Sin embargo, no siempre lograba su objetivo, y la pequeña Amy, la más lista de las tres hermanas, así se lo hizo saber:

—Como no te esfuerces por disimular mejor lo que piensas, no solo mataré a tu rey de nuevo, sino que todos se acabarán dando cuenta de que en Greyswood sucedió algo más de lo que nos has querido contar.

Elisabeth la miró en silencio. Por un momento tuvo la enorme tentación de abrirle su corazón a Amelia, pero su hermana era muy joven aún y ya tenía suficientes pájaros en la cabeza como para que ella estimulara aún más sus ideas románticas.

—Es solo que... me dejé algo allí —mintió Elisabeth mientras acariciaba la pequeña tablilla de madera que siempre llevaba con ella a todas partes, escondida bajo la manga de su traje.

—Ya... —respondió su hermana con media sonrisa en los labios, antes de hacer avanzar un alfil.

La fiesta de los marqueses de Crewe fue de lo más aburrida o, al menos, así se lo pareció a Elisabeth. Por lo menos contaba con la compañía de Olivia, que se veía muy hermosa enfundada en un vestido azul celeste y con su cabello rubio recogido y rodeado de perlas.

Muy a su pesar, Elisabeth también estaba muy bella. Llevaba el traje malva con las flores en el escote, el que había ocupado el lugar más alto de su baúl, y su melancólica expresión la dotaba de un halo de misterio. Y aquello, tal y como había predicho Olivia, atrajo a muchos pretendientes que coparon sus carnés de baile.

Después de que su tercera pareja la devolviera junto a su familia, Sebastian tomó a Elisabeth del brazo y la alejó de su madre.

—Si no empiezas a prestarles a tus acompañantes, aunque sea una mínima atención, nunca encontrarás un sustituto para el conde de Weiss —le advirtió—. Y me temo que mis palabras no son una amenaza, sino un hecho.

Elisabeth se ruborizó; su falta de interés por la compañía masculina no había sido premeditada.

—Inténtalo por lo menos —le pidió Sebastian, dedicándole un cariñoso gesto.

Elisabeth supo que a su hermano no le faltaba razón. Tenía que reaccionar. Ya hacía una semana que había dejado Greyswood y el mundo no había dejado de girar. Si no ponía más empeño en arreglar su futuro, se vería unida para siempre a alguien como el viejo Weiss.

A partir de ese momento, se concentró en evaluar a sus acompañantes. Todos le parecieron demasiado anodinos salvo uno, Niven MacNeil, el hijo de un noble escocés que le resultó francamente agradable.

Niven logró hacerla reír y, en lugar de devolverla junto a su hermano nada más terminar de bailar, quiso compartir una bebida con ella. Elisabeth se sintió muy cómoda con él, a pesar de que Sebastian no les quitaba los ojos de encima desde el otro extremo del salón de baile. Pero ¿acaso no había sido él quien le había sugerido que se relajara?

Elisabeth y Niven hablaron de la estancia del joven en Londres, que suponía unas pequeñas vacaciones dentro de los estudios que estaba cursando en Eton. Elisabeth entendió que se estaba preparando para algún día asumir la gestión de las propiedades de su familia en Escocia, aunque el chico no quiso alardear mucho de ello.

Se mostró más interesado en comentar su visita de aquella mañana al Museo de Londres, y sus planes de asistir a algún concierto en los siguientes días. Según le dijo a Elisabeth, se alojaba en la casa de un socio de su padre, un destacado diputado de la Cámara de los Comunes que poseía además uno de los principales bancos de Inglaterra.

Tras un buen rato charlando animadamente, ambos se quedaron callados, observando la pista de baile.

—Los ingleses sí que saben organizar una fiesta —bromeó el joven MacNeil.

Elisabeth rio.

—¿Acaso son mejores en Escocia?

—Mucho mejores. Allí encendemos antorchas y bailamos cerca del mar. Usted se vería preciosa a la luz del fuego.

De pronto, Elisabeth recordó como en un fogonazo los reflejos del fuego jugando con la brillante piel del conde de Downey en la penumbra de su habitación, y la impresión que le produjo esa imagen fue tal que tuvo que bajar la mirada.

—La he ofendido —se disculpó rápidamente el joven—. Le ruego que me perdone.

—No, no lo ha hecho —aseguró ella—. Es solo que...

Fue incapaz de terminar la frase. No pudo más que sonreír con tristeza y elevar ligeramente sus bonitos hombros, mientras una grave voz resonaba en su cabeza: «Por favor, no me dejes sin más».

Capítulo 16

El día después de la fiesta, la vida en la casa Somerset comenzó más tarde de lo habitual. Todos sus habitantes estaban cansados, salvo la pequeña Amy, que llevaba ya varias horas leyendo en la biblioteca cuando Elisabeth fue en su busca para dar su habitual paseo matutino.

El día estaba nublado, por lo que las jóvenes no tuvieron que desplegar sus sombrillas, y Elisabeth agradeció que el clima fresco la ayudara a espabilarse.

En el camino, le habló a Amy de Niven MacNeil.

—Te hubiera gustado —le aseguró—. Tenía el cabello de un agradable tono rojizo y una cara realmente simpática. Y era muy galante.

Amelia sonreía con condescendencia y Elisabeth se preguntó, como muchas otras veces, si su hermana no tendría a una sabia anciana encerrada en su cuerpo de adolescente.

También le describió la decoración del salón de los marqueses de Crewe y los vestidos que llevaban ciertas jóvenes, a algunas de las cuales pudieron saludar en el paseo.

Cuando ya se acercaba la hora de comer, pusieron rumbo de vuelta a la residencia Somerset.

Al aproximarse al edificio, cubierto por una buganvilla que en verano se llenaba de flores de color púrpura, a ambas hermanas las invadió el terror. Frente a la puerta estaba aparcado un reluciente carruaje negro con el emblema del ducado de Greyswood.

Elisabeth le cogió la mano a Amelia. Su rostro había perdido todo el color.

—Lo han descubierto —acertó a decir.

—Tranquila —respondió su hermana—. Seguro que Sebastian se hará cargo.

Elisabeth estuvo a punto de caerse al bajar del carruaje y las piernas le fallaron también al subir los cinco escalones que conducían a la entrada flanqueada por columnas del palacete familiar.

Un lacayo les abrió la puerta. Dentro se respiraba normalidad, pero el despacho de Sebastian, que a Elisabeth le resultó más impenetrable que nunca, se encontraba cerrado.

—Voy a entrar —decidió.

—No sé si deberías, Lizzy —respondió Amelia, sabiendo que si Sebastian requería de la presencia de su hermana no dudaría en llamarla.

Pero Elisabeth no le hizo caso y se dirigió a la puerta del despacho. Aproximó su rostro a la madera y pudo escuchar dos voces masculinas. Armándose de valor, golpeó la puerta con los nudillos y entró.

Un hombre estaba sentado frente a su hermano. Por su porte, Elisabeth sospechó que podía tratarse del conde, pero la vergüenza hizo que dirigiera su mirada hacia el suelo y la dejara fija allí.

—Lord Downey, le presento a mi hermana, lady Elisabeth.

El conde se puso de pie y se volvió hacia ella, y Elisabeth no pudo resistir más el impulso de mirarle.

Lo que vio la dejó paralizada. El rostro del conde ya no estaba cubierto por el vendaje y sus ojos eran tan verdes como los campos de Greyswood. La piel alrededor de los mismos era de un tono más claro que la del resto del rostro, debido a la huella que el sol había dejado del vendaje, y aquello no hacía más que iluminar todavía más su mirada. Elisabeth tuvo que bajar la vista hacia su nariz y sus hermosos labios para asegurarse de que fuera él, y sintió una fugaz alegría al ver que se encontraba bien y que parecía capaz de verla igual que ella le podía ver a él.

Sin embargo, al contrario de la suya, la mirada del conde era fría y desinteresada.

—Es un placer conocerla, lady Elisabeth —dijo, con esa voz grave que ella tantas veces le había escuchado.

Elisabeth, demasiado impresionada para hablar, se contentó con hacerle una profunda reverencia.

—El conde ha venido para interesarse por Mary, una moza que estuvo trabajando en el castillo de Greyswood y que, al parecer, lo abandonó recientemente —le explicó Sebastian a Elisabeth, con un tono afectado en la voz.

Robert tuvo que hacer uso de toda su diplomacia para no estallar. Los miembros del servicio de Greyswood habían sido testigos de cómo el hombre que tenía delante había aparecido en el castillo la misma mañana de su marcha para llevarse a Mary con él. Por qué el marqués de Somerset había hecho algo así, o de qué conocía a la moza que trabajaba en su casa, era algo que se le escapaba, pero que estaba más que dispuesto a averiguar. Si Mary estaba en problemas, él la ayudaría. Había prometido hacerse cargo de ella y estaba decidido a cumplir su palabra hasta el final.

Elisabeth miró a su hermano y supo que estaba sopesando todas las respuestas que le podría dar al conde. Y tuvo también la seguridad de por cuál se decantaría; su hermano era un hombre de honor.

—Me encontraba a punto de decirle —continuó Sebastian, confirmando sus sospechas— que Mary no existe.

El corazón de Elisabeth se detuvo. De hecho, todo Londres pareció hacerlo en ese instante, puesto que durante unos segundos no se escuchó en el despacho ni el vuelo de una mosca.

Robert miró a Sebastian confundido. ¿Qué quería decir con que Mary no existía? ¿Que se la había imaginado? ¿Que, durante su ceguera, había sucumbido también a la locura y había inventado el personaje de aquella muchacha tan dulce? ¿O acaso Sebastian solo quería que él creyera eso para seguir escondiendo a la doncella de él?

Elisabeth vio cómo el conde apretaba los puños y tensaba la mandíbula, en un gesto que ya conocía tan bien como los suyos propios.

—¿Qué pretendes insinuar con que...? —comenzó a preguntar.

—Disculpe, milord —le interrumpió Elisabeth.

Robert se volvió de nuevo hacia ella con una expresión de sorpresa en el rostro. Esa voz...

—Lo que mi hermano pretende decirle es que Mary... soy yo.

Robert miró a la muchacha que tenía delante y no encontró nada que le hiciera pensar que era la inocente moza que había cuidado de él en el castillo. Pero, sin embargo, su voz...

Elisabeth esperaba aterrorizada la reacción del conde. Podía leer el desconcierto en sus ojos y sentir cómo la atravesaba con la mirada, tratando de ver en lo más profundo de su ser.

Después, el hombre se volvió hacia Sebastian y preguntó, indefenso:

—¿Qué tipo de broma es esta?

Sebastian sabía reconocer cuándo una persona estaba desarmada, y el pobre conde de Downey, en ese momento, y sin ninguna duda, lo estaba.

Rodeó su mesa para acercarse a él, pero Robert dio un paso hacia atrás para evitarlo.

—Lo siento, Downey. Este asunto no tiene nada que ver contigo —dijo Sebastian—. No tenías que haberte visto involucrado en él.

—Déjeme que trate de explicarme, milord —rogó Elisabeth, desesperada por hacerse entender—. Por favor.

Robert le dirigió una mirada dolida, pero finalmente asintió.

Mientras Elisabeth buscaba las palabras más adecuadas para dirigirse al conde, Sebastian se dispuso a servirle una copa que le ayudara a digerir todo aquello, y de paso llenó otra para él.

—Yo... me escapé de casa —empezó por fin su hermana—. Salí de Londres con destino a Portsmouth, con la intención de viajar desde allí a Francia. Mi dama de compañía, la señora Smith, y yo nos detuvimos a hacer noche en Greyswood, en la Posada del Ciervo, y allí descubrí que en el castillo estaban buscando gente para trabajar en él. No sabía si el dinero que teníamos alcanzaría para comprar los dos pasajes, y el clima aquellos días era terrible, así que se me ocurrió que podríamos trabajar un tiempo en el castillo y después seguir nuestro camino. Usted no tendría que haber estado allí.

Mientras hablaba, Robert miraba a Elisabeth como si acabara de descubrir el ser más extraño que habitara sobre la faz de la tierra, incapaz de casar la imagen de esa elegante muchacha con la que se había hecho de Mary. Pero aquella última frase le hizo mudar su expresión a una de incredulidad. ¿Había dicho que él no tenía que haberse encontrado en su propia casa? Le parecía estar inmerso en una pesadilla.

—Lo siento mucho, milord. Quiero que sepa que no fue mi intención engañarle.

Robert resopló con ironía y le dio otro sorbo a su copa.

Sebastian miraba a la pareja con curiosidad. El conde seguía haciendo uso de un gran autocontrol, pero las reacciones de su hermana no parecían las de alguien que estuviera dándole explicaciones a un desconocido.

Robert necesitaba tiempo para asimilar aquello. ¡Mary no existía! Tras pasar tres días en Londres y recibir la maravillosa noticia de que volvía a ver, había corrido de vuelta a Greyswood para encontrarse con ella.

No era que se hubiese enamorado repentinamente de la doncella, ni que hubiese decidido abandonarlo todo para vivir a su lado, pero necesitaba verla. Ver el rostro redondeado que había acariciado con sus manos, su piel suave, sus largas pestañas... Esperaba encontrarse con una bonita sirvienta envuelta en un horrible vestido de trapo y con una cofia cubriendo su cabello. Y soñaba con despojarla de todo eso y descubrir su cuerpo cálido, y dejarse acariciar por sus manos delicadas...

Pero, de pronto, todo aquello le había sido arrebatado. Miró a la hermana del marqués de Somerset con cierto desprecio, no tanto por haberle engañado como por haberle robado su sueño.

—¿Por qué huyó de su casa? —preguntó con desdén.

Ya solo le faltaba que los motivos de la joven fueran deshonestos, o que hubiera planeado fugarse con algún muchacho de su edad. Porque, a juzgar por su aspecto, era posible que lady Elisabeth no le hubiera mentido respecto a los años que tenía. Aunque, ya puestos, casi preferiría que lo hubiera hecho también, para de ese modo poder terminar de odiarla del todo.

—El conde de Weiss le hizo una propuesta de matrimonio —intervino Sebastian, tratando de ayudar a su hermana.

—¿Queríais casarla con el viejo Weiss?

—Eso es lo que ella creyó —se defendió Sebastian, incómodo.

Robert la miró de soslayo.

—¿Y por qué no se quería casar con él?

Elisabeth emitió un gemido. El conde debería saberlo. Si había prestado un mínimo de atención a lo que habían hablado en Greyswood, ese hombre debería saber ya la respuesta a su pregunta.

—Porque podría ser su abuelo, Downey —reconoció Sebastian.

Aquello hizo que el conde se sintiera avergonzado de su pregunta. Pero necesitaba saber cuánto de Mary había en Elisabeth para no sentirse engañado del todo.

Sin embargo, decidió que se conformaría con eso. No quería seguir allí por más tiempo.

—¿Y ahora qué vais a hacer? —preguntó, más por cortesía que por otra cosa.

—El plan era que nada de esto saliera a la luz. No creímos que nadie se fuera a interesar de esta manera por una doncella.

Robert trató de no mostrar sentimiento alguno y Elisabeth no se atrevió ni a mirarle.

—¿Y si alguien más lo descubre? —insistió el conde.

—Para entonces, si Elisabeth no ha encontrado un sustituto mejor, tendrá que casarse con Weiss —respondió Sebastian—. Si se llega a saber que se ha escapado de casa y que ha estado viviendo dos semanas bajo tu techo, estará perdida.

Sebastian había decidido jugar sus cartas. Sin duda, el propio Downey sería un partido mucho mejor para Elisabeth que el anciano Weiss.

—En ese caso —dijo el conde poniéndose de nuevo en pie—. Te ruego que, llegado ese momento, considerés también mi candidatura para contraer matrimonio con ella.

Sebastian tuvo que contener una sonrisa para mirar a su hermana. Todo aquel embrollo acababa de quedar solucionado.

Elisabeth estaba asombrada por el rumbo que estaban tomando las cosas. Poco a poco se puso también de pie y dijo, para el asombro de todos:

—De ningún modo, milord.

Los dos hombres se giraron sorprendidos hacia ella.

—No me casaré con usted bajo ningún concepto —aseguró.

Elisabeth sabía lo que el conde pensaba del matrimonio. Sabía que creería que ella había orquestado todo aquello para casarse con él; para, tal y como él mismo había expresado en alguna ocasión, «cazar al heredero de un duque». Y no estaba dispuesta a que pensara eso de ella, ni a hacerle pagar por un error que había sido solo suyo.

—Lizzy —la llamó Sebastian.

—¿Y si Weiss no quiere casarse con usted? —preguntó el conde con desprecio.

—Querrá —aseguró ella con gran dignidad.

Capítulo 17

Robert salió de la residencia Somerset envuelto en una nube de ira.

—¡A casa! —le gritó al cochero antes de impulsarse dentro de su carruaje.

Necesitaba alejarse de allí cuanto antes.

Se sentía terriblemente humillado. Se había puesto en evidencia delante del marqués de Somerset. Perseguir a una criada desde Greyswood hasta Londres... ¿Cómo se le había podido ocurrir hacer algo así? ¿Qué tipo de hombre se engancharía de esa manera a una moza, por el amor de Dios? ¿Y si el marqués le iba ahora a alguien con el cuento? ¿En qué posición quedaría él?

La rabia se apoderó de su espíritu y golpeó el asiento del carruaje con el puño.

Lo mejor sería alejarse de Londres. Podía aprovechar para visitar la propiedad que su familia tenía en Durham y de la que William se quería deshacer. El lugar en realidad daba igual. Le serviría cualquiera en el que pudiera reflexionar acerca de lo que le había sucedido en los últimos tiempos. Pensó en lo bien que le vendría un amigo con el que poder hablar, y aquello le hizo decidirse: iba a volver a Greyswood.

Llegó a su residencia satisfecho por haber tomado al menos esa decisión. Aquello le permitiría centrarse en los preparativos para el viaje. Partiría al día siguiente.

Subió a su habitación y comenzó a ordenar los papeles que tenía allí cuando alguien llamó a la puerta. Se trataba de William.

—¿Poniendo orden en tus cosas? —preguntó su hermano mientras se acercaba hacia él.

—Me voy a Greyswood.

—¿Otra vez?

Robert siguió con sus tareas sin responder.

—¿Cuánto tiempo estarás allí esta vez? ¿Doce horas? —bromeó William, pero a su hermano el chiste no pareció hacerle gracia—. Robert, tienes que perdonarme. No tiene sentido que sigas enfadado por una tontería así.

Robert se frotó la sien. Después de lo que había descubierto aquella mañana no sabía en qué lugar quedaba la discusión que había tenido con su hermano por culpa de una criada que, al parecer, ni siquiera existía.

—Robert, yo no sabía que te interesaba tanto esa chiquilla. Te había insinuado varias veces que tuvieras una aventura con ella y no parecías muy de acuerdo con la idea. Y, aparte de eso, ya habíamos compartido mujeres antes y nunca había parecido importarte.

Robert siguió sin decir nada, pensando que tal vez su hermano tuviera razón.

—Solo quería divertirme.

—Pero ella no quería, William. Debiste detenerte.

—Está bien. Reconozco que fui demasiado insistente, pero no iba a hacerle daño. Por Dios, Robert, parece que no me conozcas. ¿Crees que sería capaz de forzar a una mujer?

—A veces ya no sé de qué serías capaz, Will. Parece que ya nada sea suficientemente serio para ti. Te pasas media vida ebrio y la otra media fornicando con cualquier mujer que se cruza contigo. ¡Si hasta serías capaz de volver a los brazos de lady Wharton después de lo que me ocurrió por su culpa! Empiezo a pensar que no vas a madurar nunca.

Aquellas palabras acallaron de forma tan abrupta a su hermano que, al cabo de un rato, Robert terminó levantando la vista hacia él.

—Me estás ofendiendo, Robert —le dijo, visiblemente dolido.

El conde tiró los papeles que había estado recogiendo sobre la mesa.

—Diablos, Will.

Se llevó las manos a la cabeza y se revolvió el cabello. Desde que le quitaron los vendajes, repetía aquel gesto a menudo, como para comprobar que las horribles tiras de tela no habían vuelto allí.

—Lo siento —se disculpó—. No debí hablarte así, ni tomarme tan mal lo de Mary. Pero a veces no me gusta lo que veo cuando te miro, Will.

Robert pudo ver el dolor en los ojos de su hermano. Pero no iba a retirar sus palabras; lo que le había dicho era cierto. William no podía seguir así. Tenía que hacer algo de utilidad con su vida o acabaría muerto a causa de la sífilis o de las manos de algún marido celoso.

William le hizo un gesto de despedida y se marchó sin pronunciar palabra, y Robert golpeó con sus puños lo primero que encontró, que fue la pared empapelada en azul real de su habitación.

Cuando el carruaje estaba llegando a la aldea de Greyswood, Robert, siguiendo un impulso, le pidió al cochero que se detuviera en la Posada del Ciervo. Había estado todo el viaje imaginando cómo habría sido la huida de lady Elisabeth por esos caminos. No podía negar que la hermana de Somerset tenía determinación.

Una determinación que también había demostrado más tarde en el castillo, trabajando noche y día y cuidando de él a pesar de su mal humor. Aquella situación no tenía que haber sido fácil para una mujer con su educación. Recordó su característico olor a humo y fue incapaz de imaginar a la dama que había visto en Londres acuclillada frente a una chimenea.

En la posada todos se quedaron asombrados cuando vieron aparecer al hijo del duque. Dada la cercanía al castillo, aquel hombre nunca había parado por allí.

A Robert la posada le pareció bastante acogedora, toda revestida de madera y con los techos bajos. No sabía muy bien qué había ido a hacer allí, pero cuando la posadera se acercó a saludarle, se animó a preguntar:

—¿Recuerda usted a una muchacha, Mary, que se alojó aquí una noche con su tía, hará cosa de un mes?

La posadera asintió con curiosidad.

—Sí, la recuerdo. Que después se empleó en el castillo. Volvió aquí un poco más tarde con el joven John, el chico que trabaja en sus cuadras.

El conde asintió mientras se imaginaba a Elisabeth entrando allí con Johnny.

—¿Ocupó alguna habitación con él? —preguntó, temeroso de la respuesta que pudiera recibir.

—No, milord. En esa ocasión estuvieron tomando un plato de mi sopa, que es exquisita. Permítame que le sirva un poco a usted también —dijo, invitándole a avanzar hacia la barra, lo que le hizo recordar algo—: Aquel día la joven estuvo preguntando por los barcos que salían de Portsmouth.

Así que su intención de huir de Inglaterra era real...

De pronto, la posadera se dirigió al conde con avidez:

—¿Acaso ha huido del castillo? Ha robado algo, ¿no es eso? Debí imaginarlo después de lo del primer día.

—¿Qué sucedió el primer día? —preguntó Robert, con el cuenco de sopa humeante frente a él.

—Desde el principio, la chica se comportó de un modo extraño. Cuando traté de ayudarla a quitarse la capa, ella me rechazó con desdén, como si ocultara algo. Y, poco después, su tía me vendió un vestido con aspecto de ser muy valioso.

—¿Le vendió un vestido?

—Bueno, me lo dio a cambio de su estancia aquí y de un traje de mi Molly. Por cierto, permítame que le presente a mi bella hija. Si le agrada, puede mostrarle cómo son las habitaciones.

Mientras el conde pensaba en la decisión de lady Elisabeth de vender uno de sus vestidos para pagar la posada, Molly se colocó su gran pecho en el escote y avanzó hacia él como si fuera una loba hambrienta.

—Milord. ¿Desearía que le mostrara alguna habitación?

Le dedicó una sonrisa que pretendía encender pasiones y Robert pudo apreciar que le faltaban varias piezas dentales.

—Quiero ver la habitación que ocupó mi doncella cuando se alojó aquí —respondió, dejando unas monedas sobre la barra.

Siguió a Molly escaleras arriba. La muchacha iba contoneando sus caderas, tratando claramente de provocarle.

La habitación a la que le condujo era muy pequeña, con el techo tan bajo que Robert tuvo que agachar la cabeza por miedo a rozarlo. En ella solo encontró un jergón, un taburete y un débil fuego.

Molly cerró la puerta y, cuando Robert se giró hacia ella, comenzó a desatarse la camisola.

Robert pensó en dejar que lo hiciera. Tal vez revolcarse con aquella muchacha tan dispuesta borrara a lady Elisabeth de su cabeza. Miró hacia la cama y la imaginó allí tendida, decidiendo si debería presentarse en Greyswood. Tuvo que haberse sentido muy sola en esos momentos.

Cuando se volvió de nuevo hacia Molly, esta estaba ya completamente desnuda. Delicadamente, Robert tomó su vestido del suelo y la tapó con él, al tiempo que negaba con la cabeza.

Lo primero que hizo al llegar a Greyswood fue escribir una nota para su amigo Archibald: *Aunque me imagino que ya estarás informado, acabo de llegar a Greyswood. Si no te viene mal, mañana iré a visitarte. Downey.*

Después subió a su habitación. Allí los muebles habían vuelto a su lugar original, incluido el caballo de porcelana. Robert se quedó observándolo un rato, como si no lo hubiera visto nunca. Después le pidió ayuda a un lacayo para acercar de nuevo su sillón a la chimenea y se sentó en él.

Recordó cuando Mary, o Elisabeth, leía para él junto al fuego. Lo hacía realmente bien, y ahora entendía el porqué. Rememoró también la absurda historia que había inventado sobre ser hija de un maestro y su fingida reacción al leer *El vicario de Wakefield*. Aquello le revolvió. Se puso en pie y buscó el libro por la habitación. Alguien lo había colocado de nuevo sobre su mesita de noche. Volvió hacia la butaca con él, mientras trataba de localizar el párrafo que aquella noche parecía haberla afectado tanto. Cuando lo encontró, lo leyó en voz alta:

—«No, hijos míos, renunciemos desde este momento a toda pretensión de nobleza; nos ha quedado bastante para ser felices, si somos juiciosos y sabemos acomodarnos a las deficiencias de fortuna».

Cerró el libro. Quizás su reacción no había sido fingida; tal vez ella realmente estaba pensando en la que creía que era su nueva situación. ¿Cómo habría pretendido ganarse la vida en Europa?

—Milord.

El señor Wilson apareció en la habitación. Robert miró hacia él. No le había visto al entrar en Greyswood.

—¿Cómo está, Wilson?

El mayordomo se acercó hasta él.

—Muy bien, milord. ¿Y usted?

Robert asintió como respuesta y el señor Wilson se quedó mirando hacia él, como si quisiera añadir algo más y temiera hacerlo.

—¿Ocurre algo, Wilson?

—Es solo que... Me preguntaba si había logrado usted encontrar a la joven Mary, milord.

La pregunta del mayordomo reflejaba la preocupación que todo el personal que trabajaba en el servicio del castillo de Greyswood había sentido tras la desaparición de la joven moza.

Robert miró hacia el fuego. ¿La había encontrado? La respuesta no era tan fácil como un sí o un no.

—Mary está bien —dijo—. Pero no va a volver.

Wilson pareció satisfecho con la respuesta.

—Gracias, milord.

Robert le mostró el libro que tenía en la mano.

—¿Se supo algo de aquel asunto de las cuadras, Wilson? El de la misteriosa pareja de enamorados.

—No, milord.

—¿Y cree...? ¿Usted cree que la mujer de aquella pareja de amantes podría haber sido Mary?

—¿Mary? —Wilson reflexionó acerca de aquella pregunta—. No lo creo, milord.

—¿Por qué?

El mayordomo volvió a quedarse pensativo.

—Porque me pareció una muchacha muy sensata, milord. Era extremadamente correcta, nunca hizo nada fuera de lugar ni respondió a las provocaciones de las otras doncellas, y siempre fue muy discreta con su... acuerdo con usted.

Robert sonrió de medio lado. Si Wilson supiera el acuerdo que le había propuesto a la pobre chica...

Pero lo que decía el mayordomo era cierto. El comportamiento de Mary fue siempre exquisito.

—¿Y cómo explicaría lo del libro?

—¿El libro, milord? —preguntó Wilson, confundido.

—*El vicario de Wakefield* —respondió Robert agitando la novela en el aire—. Lo dejé olvidado en las cuadras la misma noche de aquel encuentro amoroso, y a la mañana siguiente Mary lo tenía de vuelta.

—El libro lo trajo Johnny, milord.

—¿Eso dijo ella?

—No, milord. Johnny me entregó el libro a mí, y yo, sabiendo que ella subiría a su habitación, le encargué que se lo trajera.

Robert se quedó en silencio. Así que Mary no había estado en las cuadras esa noche; de lo contrario, habría tomado el libro ella misma.

—¿Está todo bien, milord? —preguntó el mayordomo, preocupado.

—Sí, Wilson. Al parecer, todo está bien. Gracias.

El mayordomo asintió y le dejó solo.

Por la tarde le visitó el administrador.

—Ya se han recibido los materiales para reparar la rueda. Solo falta que alguien indique a los arrendatarios cómo deben montarla, milord.

Robert asintió.

—Lo haré yo mismo. Convócalos a todos mañana a primera hora en el lugar donde instalamos la rueda antigua.

Cuando terminó la reunión con Beagle, Robert subió al ático en busca de la maqueta que había hecho junto a Mary.

Lo primero que llamó su atención fue la preciosa vista del atardecer sobre aquellos campos que algún día serían suyos que le mostraba el mirador. Se acercó hasta el cristal y se recreó en la visión que tenía ante él, dándole gracias a Dios por poder disfrutar de nuevo de aquel paisaje que tanto le serenaba. Greyswood permanecía siempre inmutable a lo que sucediera, ajeno al paso del tiempo y a los problemas mundanos.

Después, se volteó y observó por primera vez la rueda que había construido Elisabeth con su ayuda. Estaba bastante bien. La tomó en sus manos y recordó la tarde en la que habían hecho el eje. Sin poder evitarlo, una sonrisa se dibujó en sus labios al rememorar el desastroso primer intento de la joven. E, inmediatamente, a aquella imagen la siguieron como en cascada las sensaciones que le habían abrumado al acariciar sus manos, y lo que aquel gesto le había evocado. ¿Había ella respondido a sus caricias o solo lo había imaginado? Robert recordó los otros momentos íntimos que habían compartido, especialmente la tarde que se detuvieron junto al río. La respiración entrecortada de ella, cómo había arqueado su cuerpo al sentir sus caricias, o cómo había paseado sus inocentes manos por el cabello de él. Repentinamente invadido por la frustración, Robert tomó la rueda y salió de allí.

A la mañana siguiente se despertó temprano para ir a explicarles a sus arrendatarios cómo debía ser la construcción de la rueda. Tiró de la cuerda que comunicaba con la zona de servicio y esperó a que llegara el lacayo que supliría a su ayuda de cámara, a quien había vuelto a dejar en Londres. Junto al lacayo apareció una doncella que procedió a abrir las gruesas cortinas de su habitación. Aquello provocó que un nuevo recuerdo se colara en la mente de Robert:

—¿Quiere que abra las ventanas?

—¿Por qué iba a querer algo así?

—Porque ha salido el sol, milord. Pensé que podría descorrer las cortinas y permitir que entre en la habitación.

Robert trató de concentrarse en lo que estaba haciendo el lacayo para no profundizar en sus recuerdos y, en cuanto pudo, se dirigió con paso ligero hacia las cuadras.

—¡Milord! —le saludó el señor Forney al verle llegar—. Qué bueno verle de nuevo por aquí.

—Lo mismo digo, Forney —respondió el conde—. ¡Dichosos los ojos!

Forney rio la broma de Robert antes de preguntarle qué caballo quería llevarse.

—¿Cómo está Prince George?

—Sigue algo débil, milord. Le vendría muy bien un paseo, pero no creo que sea capaz de soportar su ritmo.

—Ensíllelo —pidió aun así Robert—. Si el viejo Prince George necesita un paseo, lo tendrá.

Forney se dirigió con gran alegría a preparar la montura del conde.

La mañana fue muy fructífera. Al principio los arrendatarios se mostraron algo escépticos con la construcción de la nueva rueda, pero Robert dedicó tiempo a explicarles con detalle su funcionamiento, como había hecho un día con Mary, de forma que comprendieran el motivo por el que la anterior rueda se había roto. Después, les mostró la maqueta y, tras despojarse de su chaqueta y recogerse las mangas, se dispuso a ayudarlos a numerar los tablones que habían recibido para la construcción, siguiendo el mismo orden que el de la pequeña rueda que había construido Mary. Inconscientemente, cada vez que consultaba un número, sus dedos acariciaban lentamente la elegante caligrafía de Elisabeth.

Regresó al castillo a la hora del almuerzo, muerto de hambre. Dejó a Prince George en los establos y se aseguró de que recibiera un trato a la altura de su nombre. El pobre animal había resistido francamente bien aquella mañana y Robert se alegraba hondamente de haberlo sacado a pasear.

—Lord Geynor le espera en el salón, milord —le anunció el señor Wilson en cuanto atravesó la puerta de entrada al castillo.

Robert se dirigió hacia allá y se detuvo en la puerta de la sala, observando sonriente a su amigo y permitiendo que este hiciera lo propio con él.

—Si Mahoma no va a la montaña, la montaña irá a Mahoma. Tienes un aspecto inmejorable, amigo, aunque debo decir que también algo ordinario.

Robert, que no había vuelto a ponerse la chaqueta desde que se la quitó para trabajar con la rueda, sonrió.

—He estado trabajando; imagino que tú no sabes lo que es eso —bromeó—. ¿Has comido?

Se trasladaron al comedor y allí Robert le contó a su amigo todo lo que había sucedido con Mary.

—Parecía muy fina, desde luego —dijo este.

—Me siento tan estúpido —se lamentó Robert.

Archy le miró detenidamente.

—Pues no acierto a entender por qué. ¿Cómo ibas a saber que te engañaba?

—¿Lo dices porque estaba ciego?

—Tu ceguera es irrelevante en este caso; nadie hubiera pensado que debajo de esa cofia se escondía la hija de un marqués.

—¿La única culpable de esta historia es ella, entonces? —preguntó Robert, sintiendo cierto alivio por ello.

—¿Culpable? ¿De qué? La chica estaba tratando de salvar su pescuezo y en el camino te atendió como no lo hubiera hecho nadie más, y te salvó de tu propia miseria. Que me parta un rayo si hay que acusar a la pobre muchacha de algo.

Robert pensó que Archy podía tener razón. Aquello pondría cada cosa en su lugar y él ya solo tendría que olvidarse de aquel asunto.

—¿Y si se supiera que fui hasta Londres persiguiendo a una moza del castillo?

—Eso ya es más raro, teniendo en cuenta que no te acostabas con ella. —Lord Geynor levantó la vista hacia su amigo—. ¿Porque no lo hacías, no?

Robert negó, divertido.

—No me lo permitió.

Archibald rio.

—Eso explica tu obsesión con ella.

Robert rio con él.

—No creo que Somerset vaya a decir nada de este asunto, Robert. No le interesa que se sepa, por su hermana. Y, si lo hiciera, puedes decir que creíste que había raptado a la doncella para lastimarla; eso entusiasmará a tu legión de seguidoras.

Robert sonrió.

—Gracias, Archy. De verdad eres un buen amigo.

—No me las des, y piensa a cambio qué vas a hacer ahora con nuestra querida lady Elisabeth.

Robert negó.

—Nada. No puedo hacer nada más que olvidarme de todo esto. Me ofrecí para ocupar el lugar de Weiss si no encontraba otro pretendiente y me rechazó —le confesó a su amigo.

—¿Te rechazó? —se extrañó Geynor.

—Contundentemente —respondió Robert, recordando las hirientes palabras que Elisabeth había utilizado con él.

Capítulo 18

Ya había pasado una semana desde la visita del conde y Elisabeth pudo comprobar que la vida seguía su curso. Había asistido a dos bailes desde entonces, y en el último había coincidido con el conde de Weiss, quien se había mostrado exquisitamente amable con ella. La había invitado a bailar, lo que fue seguido con gran interés por parte de todos los asistentes a la fiesta, ya que un hombre de esa edad no solía salir a la pista salvo que sintiera un verdadero interés por su pareja.

Elisabeth también volvió a encontrarse con el joven Niven MacNeil, quien le habló de sus estudios y sus planes para el futuro próximo.

Mientras que Weiss andaba ya de retirada en la vida, Niven estaba despertando a ella, empezando a hacerse un hombre. Pero todavía le faltaban unos años para llegar a tener la madurez de Sebastian, el hermano de Elisabeth, o del conde de Downey.

Aunque lo evitaba tanto como podía, en ocasiones Elisabeth no podía dejar de recordar el desprecio que había desprendido la mirada del conde cuando ella rechazó su propuesta de mantenerle en la reserva por si no lograba encontrar un marido. Para Elisabeth, aquello había dejado bien claro que no la quería, que

solo se sacrificaría a desposarla si no había más remedio. Probablemente, al conde su proposición le había
parecido muy honorable, e incluso su hermano Sebastian, tal y como le había hecho saber después, creía
que basar su unión en que nadie más estuviera dispuesto a casarse con ella no tenía nada de malo. Pero
para ella habría supuesto una humillación horrible.

Sabía que, casándose con un hombre como el conde, el amor, o incluso el cariño, quedarían relegados a
un segundo lugar. Pero tener presente cada día del resto de su vida que su marido ni siquiera la había elegido
como esposa se le antojaba insoportable. Por lo menos
Weiss, o Niven, si acaso este llegaba a declarársele, habrían sentido en algún momento cierto interés por
ella, del tipo que fuera.

Y luego estaba el asunto de la fidelidad del futuro
duque, que había quedado retratado en Greyswood.
Tendría sus amantes y las mantendría en alguna casa
dentro de su propiedad. Cada vez que su marido se au-
sentara, Elisabeth sabría que había ido a visitar a otra
mujer y que no sentiría absolutamente ningún remordimiento al respecto. Y ella no podía imaginarse una
vida más triste que esa.

Si se casaba con alguien a quien no amara, podría
reservar su corazón para sus hijos, como hacían tantas
mujeres, y cuando su marido tuviera una aventura no
le resultaría tan doloroso. Pero con el conde no sabía
si sería capaz de hacer esa diferenciación.

Elisabeth suspiró en profundidad y observó su imagen en el espejo. Necesitaba lucir lo más bella posible
para conseguir un marido. Solo esperaba que sus pretendientes de esa noche no notaran las sombras azules que
de un tiempo a esa parte se distinguían bajo sus ojos.

Los comentarios de Olivia la distrajeron de camino
a la fiesta de turno. La hermana de Elisabeth estaba
pletórica; realmente estaba disfrutando de su primera

temporada. Cuando llegaron al palacete correspondiente, Olivia, Elisabeth y su madre dejaron que un lacayo las guiara hasta la entrada de la casa.

El salón donde estaba teniendo lugar el baile lucía iluminado por cientos de velas y la música ya había empezado a sonar. Elisabeth se dedicó a sí misma unas palabras de ánimo y levantó la barbilla, dispuesta a afrontar una noche más.

Todo transcurría en el orden habitual hasta que Elisabeth sintió que alguien la observaba. Buscó a su alrededor con curiosidad y se topó con unos ojos castaños que la taladraban con desconcierto; lady Diana Hassett no cabía en sí de asombro.

Elisabeth retiró su mirada y la paseó nerviosa a su alrededor antes de devolverla al mismo lugar con el fin de comprobar si la hermana del conde seguía mirándola. Pero lady Diana ya no estaba allí.

La buscó por el salón, la ansiedad apoderándose de ella, y no la encontró. Entonces, una voz dijo a sus espaldas:

—Me parece que no nos conocemos.

Elisabeth se giró para toparse con la hermana de lord Downey.

—Creo que no —corroboró, haciendo parecer que lo dudaba—. Soy Elisabeth Alwood, hermana del marqués de Somerset.

—¿De veras? —respondió lady Diana—. Yo soy lady Diana Hassett, hija del duque de Greyswood. Y hermana del conde de Downey.

La segunda aclaración no era en absoluto necesaria según el protocolo, y Elisabeth tuvo la seguridad de que había sido descubierta.

—Su rostro me resulta muy familiar... —observó Diana, tratando sin duda de hacerla confesar.

—Es posible que hayamos coincidido en alguna que otra ocasión —respondió Elisabeth evasiva.

—Seguro —dijo la hermana del conde—. Aunque no recuerdo que haya sido en Londres.

—Eso es porque he estado indispuesta al inicio de la temporada —se justificó Elisabeth.

—Vaya, no sabe cuánto lo lamento —respondió Diana con un sentimiento claramente fingido.

Elisabeth, por su parte, le dirigió la sonrisa más amable y transparente que logró formar.

—Le agradezco mucho su preocupación. Afortunadamente, ya estoy de vuelta.

—De vuelta, sí, ya veo —contestó lady Diana.

Desde lejos, una joven les dirigió un saludo y la acompañante de Elisabeth se lo devolvió con entusiasmo.

—Oh, es lady Marian, la hija del duque de Devonshire —le aclaró a Elisabeth—. ¿La conoce?

—No tengo el gusto —respondió ella.

—Pronto será de mi familia. Todo parece indicar que va a casarse con mi hermano Robert.

Elisabeth podía sentir la mirada de lady Diana escrutando su rostro, atenta a cualquier mínima alteración de este. Por un momento, trató de disimular su impresión, pero no fue capaz. ¿El conde se iba a casar? El hombre que había tratado de seducir a Mary y había dicho que se casaría con ella si no encontraba otra opción, ¿había estado siempre comprometido con otra mujer?

Elisabeth sintió un calor repentino en el rostro.

—Voy a buscar un poco de agua —se excusó con lady Diana, temiendo desplomarse allí mismo—. Hace mucho calor aquí.

La hermana del conde se quedó mirando cómo una desencajada Elisabeth se alejaba de ella y sonrió como solo lo haría alguien que creía haber encontrado lo que buscaba.

Esa noche, de vuelta en su habitación, Diana no pudo esperar a que la ayudaran a despojarse de su vestido para sentarse a escribir una carta. *Querido Robert...*, comenzó.

Una semana más tarde, lo más granado de la sociedad londinense se encontraba en el atestado salón de los condes de Kent. La música sonaba y los abanicos de las mujeres removían el aire a su alrededor. Elisabeth se encontraba con otras damas solteras, comentando el último baile y buscando en su carné quién sería su próximo acompañante: *Niven MacNeil*. Sonriendo, buscó al joven Niven por el salón y descubrió que este ya se acercaba hacia ella mostrando su esplendorosa dentadura.

Tras dedicarle una profunda reverencia, Niven tomó la mano de Elisabeth y la guio hacia la pista de baile. Cuando los primeros acordes comenzaron a sonar, sus cuerpos, habituados ya a estar juntos, se deslizaron por la pista como si fueran uno solo.

A Elisabeth le gustaba mucho aquel muchacho. Era dulce y divertido, y tenía la sensación de que no le pedía a la vida mucho más que ella. Mientras daba vueltas por la pista de baile en sus jóvenes brazos, ni siquiera se percató de que los ojos más verdes de Inglaterra acompañaban todos sus movimientos.

Robert había llegado a Londres aquella tarde, justo a tiempo de visitar a su hermana Diana en su habitación y hablar con ella acerca de la nota que le había hecho llegar a Greyswood, para después prepararse para escoltarla en el baile de los condes de Kent.

Una vez allí, no tardó en localizar a Elisabeth. Se le volvió a hacer extraño pensar que aquella hermosa joven ataviada con un elegante traje de seda de un tono opalino era la misma persona que Mary, la muchacha tan sencilla y cercana que había conocido en Greyswood.

Aprovechó que ella todavía no le había visto para irse habituando a su aspecto. Estaba junto a otras jóvenes solteras, probablemente esperando la llegada de su príncipe azul. De pronto, Robert vio cómo el rostro de Elisabeth se iluminaba en una preciosa sonrisa, y cómo le ofrecía su mano a un muchacho muy bien parecido que se había aproximado a ella. Este la arrastró con él hacia la pista de baile y posó una mano en su cintura. A partir de ese momento, la atención de Robert se vio dividida entre el angelical rostro de lady Elisabeth y las diabólicas manos de aquel muchacho.

La pareja comenzó a rodar por la pista y Robert pensó que Elisabeth estaba haciendo francamente bien su trabajo. Intercalaba tímidas sonrisas con lánguidas caídas de ojos, y su acompañante parecía entusiasmado con ella. La tensión en el interior de Robert fue creciendo hasta el punto de que echó a andar al encuentro de la pareja antes incluso de que terminara la música.

—¿Me concedería este baile, milady?

Elisabeth, que seguía agarrada del brazo de Niven con una tonta sonrisa en su rostro, se quedó paralizada al ver al conde.

MacNeil, consciente de la reacción de su acompañante, le preguntó a Robert educadamente:

—¿Tenemos el gusto de conocerle, milord?

—Ella lo tiene —respondió el conde algo cortante, antes de volver la vista hacia el joven—. Soy el conde de Downey.

Niven sonrió con la misma inocente alegría que le dispensaba a Elisabeth.

—Es un auténtico placer, milord. He tenido la oportunidad de estudiar alguno de sus escritos de ingeniería en Eton. Permítame decirle que la claridad con la que se expresa es envidiable.

Robert se forzó a sonreír. Así que el joven amigo de Elisabeth era un erudito.

—Me halaga, señor...

—MacNeil, Niven MacNeil.

Los caballeros se estrecharon la mano.

—Voy a pasar una temporada en Londres —dijo Robert, observando fijamente a Elisabeth, que parecía incapaz de mirarle a los ojos—. Si tiene usted alguna duda sobre mis trabajos, para mí será un placer que los revisemos juntos.

—Oh, eso sería para mí todo un honor, milord. Le tomaré la palabra, si es verdad que no le supondría una molestia.

—En absoluto —respondió Robert con una sonrisa—. Y ahora, si me lo permite, voy a robarle a la señorita Alwood unos minutos.

Niven le cedió sin dudar la mano de Elisabeth y Robert la llevó de vuelta a la pista de baile. Una vez allí, posó una mano sobre su cintura y con la otra le dio un breve toque en la barbilla antes de tomar su mano.

—Míreme —ordenó.

Elisabeth tragó saliva antes de levantar su mirada hacia la del conde y comprender que todos los esfuerzos que había hecho por mantenerle apartado de su mente acababan de quedarse en nada.

La música comenzó a sonar y Robert empezó a moverse, arrastrando a Elisabeth con ella.

—¿Cómo va su búsqueda de marido? —preguntó, al cabo de un rato.

Elisabeth se aclaró la garganta antes de contestar:

—No creo que esa sea una pregunta muy apropiada, milord.

Robert pensó que la joven tenía razón. Aquella pregunta no había sido nada galante por su parte, por muy ansioso que estuviera por conocer la respuesta. Apretó la mandíbula, lo que hizo que la mirada de

Elisabeth se desviara hacia su boca, haciéndole sentir un repentino calor.

—Me alegro de que recuperara la vista —dijo entonces ella.

Había querido decirle aquello desde que le vio en el despacho de su hermano.

—Yo también —respondió él, dedicándole una ardiente mirada.

Elisabeth había podido comprobar en su casa que el conde tenía unos ojos extraordinarios, pero ignoraba que fueran capaces de transmitir tanta pasión. Le pareció ver reflejadas en ellos las imágenes de aquella tarde junto al río, cuando estuvieron más cerca que nunca el uno del otro.

Robert apreció cómo se sonrojaba Elisabeth, y pensó que tal vez debería tratarla como la dama que era. Intentando que se relajara, dijo:

—Me parece que le debo diez días de salario.

La joven volvió a levantar el rostro hacia él. Tenía la nariz y las mejillas pobladas de pecas, pero, aun así, se veía francamente hermosa.

—No creo que sea necesario que me los pague, milord —respondió, regalándole una preciosa sonrisa.

—Nunca podré compensarle lo que hizo por mí, Elisabeth —confesó él—, pero sí puedo pagarle por que barriera las cenizas de mi cuarto.

Elisabeth se sonrojó, avergonzada, y él presionó levemente su cintura.

—No debes avergonzarte por lo que hiciste; fue muy valiente.

Entonces ella le dedicó una mirada llena de alivio que le llegó directamente al corazón. Robert estaba conmovido.

—¿Debo enviarle la paga a la residencia de su hermano, pues? —insistió él, recuperando el tratamiento de cortesía para no hacerla sentir más incómoda.

Ella negó, sonriendo de nuevo.

—No. Pero si insiste en desprenderse del dinero, puede dárselo a Johnny.

—¿El palafrenero?

Elisabeth asintió.

—¿Y puedo preguntarle la razón para ello? ¿Acaso guarda usted algún sentimiento especial por el muchacho? —preguntó Robert, haciendo un esfuerzo extraordinario para controlar sus sentimientos.

Ella negó.

—John y Grace quieren empezar una vida juntos, y ese dinero les sería de gran ayuda.

—¿Grace, la sobrina de Wilson?

Elisabeth respondió afirmativamente y Robert lo entendió todo.

—Así que eran ellos, la pareja de amantes del castillo...

Ella volvió a asentir, divertida.

—Bueno, una de ellas —matizó entonces el conde, mirándola de nuevo con tanta intensidad que Elisabeth acabó perdiendo el paso y estuvo a punto de hacer que ambos cayeran al suelo.

Pero los firmes brazos de él la sostuvieron y la atrajeron hacia sí. En ese momento la música terminó y Robert no tuvo más remedio que dejarla ir.

Elisabeth no logró recuperarse de la impresión de haber vuelto a estar entre los brazos del conde en el resto de la noche. Siguió bailando, hablando y riendo como si supiera lo que hacía, cuando en realidad su mente estaba a cientos de millas de allí.

También tuvo que ver cómo el conde invitaba a bailar a lady Marian, su prometida. Hacían una pareja muy hermosa, él con su porte aristocrático y ella con su cabello rubio, casi blanco, y su piel de porcelana. Elisabeth no pudo quitarles los ojos de encima en todo el tiempo que duró la pieza que bailaron juntos.

Cuando esta terminó, ella desvió su angustiada mirada para encontrarse con los ojos de lady Diana, que volvían a escrutarla sin piedad.

Cuando esa noche volvió a encontrarse segura en la soledad de su cuarto, Elisabeth no pudo evitar preguntarse qué había pretendido el conde irrumpiendo de nuevo en su vida de ese modo. La había tratado como si tuviera algún derecho sobre ella, separándola del joven MacNeil y haciendo que se saltara el orden de su carné de baile. Y luego le había hecho recordar los momentos más indecorosos que había habido entre ellos. Un caballero nunca haría algo así; claro que una verdadera dama tampoco se habría dejado llevar como había hecho ella en Greyswood.

En cualquier caso, la actitud del conde hacia ella parecía haber cambiado desde el día en que se presentó en casa de su hermano, y aquello suponía un verdadero peligro para la integridad y para la salud mental de Elisabeth.

Capítulo 19

Su siguiente encuentro se produjo cuatro días después, en la mañana campestre orquestada por la marquesa de Bristol. El baile que había organizado la honorable dama días atrás había sido todo un éxito, por lo que nadie se había querido tampoco perder aquel día de pícnic.

Elisabeth se había puesto un vestido de muselina amarillo pálido, muy alegre y apropiado para el día soleado que parecía que los iba a acompañar. Su ánimo, sin embargo, era bien diferente. No sabía si debía esperar la asistencia de lord Downey aquel día, y aquello la hacía sentirse muy alterada. El conde no había aparecido en otro baile que había tenido lugar dos días atrás, un encuentro al que sí asistió su hermana, lady Diana. La presencia de la joven había hecho que Elisabeth se pasara toda la noche esperando a que él se presentara en el salón, con el estómago hecho un nudo. Pero el conde nunca llegó. Elisabeth hubiera querido preguntarle a lady Diana por él, por si estaba indispuesto o si había vuelto a abandonar Londres, pero aquello no hubiera sido en absoluto apropiado.

Así que ahí se encontraba esa bonita mañana, recorriendo con su mirada la pradera de los Bristol como si buscara un lugar donde sentarse, cuando en realidad le estaba tratando de localizar a él.

—Veo que ha venido. Está usted preciosa, como siempre —la saludó el joven MacNeil—. ¿Le gustaría que buscara un lugar libre para los dos?

Elisabeth asintió, complacida, y el joven Niven le pidió permiso a su madre para alejarse con ella.

Las parejas se iban sentando en las mantas dispuestas a tal efecto alrededor del lago que había en el jardín de los Bristol, formando pequeños grupos.

Cuando Niven y Elisabeth pasaron junto a uno de estos, una joven que todavía no había tomado asiento se volvió hacia ellos.

—¡Lady Elisabeth! Qué agradable verla por aquí. ¿Le gustaría sentarse con nosotros?

Lady Diana Hassett se encontraba junto a otra joven y un caballero al que Elisabeth creía haber visto antes.

—Le presento a mi querida amiga Penélope Lancaster y a su hermano, lord Trevor Lancaster.

A Elisabeth le pareció que el rostro de lady Diana se contraía al pronunciar el nombre del hermano de su amiga.

—Es un placer conocerlos —saludó Elisabeth—. Mi acompañante es Niven MacNeil. Niven, le presento a lady Diana Greyswood y a lord y lady Lancaster.

En ese momento, la atención de lady Diana se desplazó hacia un lugar próximo a ellos.

—¡Robert, querido! —llamó—. Ven, únete a nosotros tú también.

Y, después, volviéndose de nuevo hacia el grupo, expresó con regocijo:

—Qué grupo más agradable hemos formado en un momento, ¿no es cierto?

Niven MacNeil se mostró de acuerdo con ella, mientras que Elisabeth no podía apartar los ojos del conde de Downey y su acompañante, la bella lady Marian.

Para su consternación, Robert no la miró al besar su mano, ni tampoco cuando todos tomaron asiento y comenzaron a hablar. Pero, un poco más tarde, le descubrió atento a cómo Niven se preocupaba por que ella probara alguna de las delicias que la marquesa de Bristol había incluido en la cesta de pícnic.

Lady Marian le pareció a Elisabeth un ser encantador. Sus gestos eran elegantes, tenía una risa embriagadora y parecía delicada como una flor. Les relató a todos una divertida anécdota sobre una abeja en un pícnic parecido a aquel, y Elisabeth la miraba encandilada, como todos los demás. Se imaginó al conde besando sus finos labios y sus relucientes mejillas, acariciando su largo cuello y empujándola suavemente hasta dejarla tendida sobre la hierba, como había hecho con ella.

Aquello la hizo desviar su mirada hacia Robert, algo disgustada, y le descubrió observándola con curiosidad. Estaba tumbado de medio lado, jugando con una flor como la que había arrancado en Greyswood. Se veía arrebatadoramente hermoso, con la brisa despeinándole el cabello y el aspecto relajado de quien no tenía nada más que hacer en la vida que estar allí tumbado sobre la hierba. El conde entornó los ojos en señal de interrogación y ella apartó su mirada rápidamente de él.

En ese momento, todo el grupo rio; lady Marian había finalizado su historia.

Niven aprovechó la pausa para dirigirse a Robert:

—Un compañero de Eton me comentó que ha instalado usted un sistema de regadío en sus campos, milord.

Robert pasó su mirada por Elisabeth antes de responder:

—Imagino que se refiere a Greyswood —dijo—. No

es exactamente un sistema de regadío, solo hemos llevado el agua a los terrenos más alejados del río que recorre la propiedad.

—Oh, qué interesante —intervino lady Marian—. ¿Y cómo hacen eso, con cubos?

—No. —Sonrió el conde—. Con una rueda hidráulica y un sistema de acequias.

Elisabeth tomó un arándano y lo introdujo en su boca.

—¿Y cómo es una rueda hidráulica, milord? —insistió lady Marian.

—Básicamente, redonda. ¿No es cierto, lady Elisabeth?

Elisabeth se atragantó con el arándano que estaba comiendo y el conde se incorporó rápidamente para golpear su espalda.

El joven MacNeil se acercó también a ella, ofreciéndole un vaso de limonada que Elisabeth tardó unos segundos en ser capaz de llevarse a los labios.

—¿Estás bien? —preguntó el conde con la preocupación reflejada en el rostro.

Ella asintió turbada; él no debería tutearla en público.

—Voy a acercarme al lago —anunció justo entonces lady Diana, tratando de acaparar la atención que todos habían puesto en ellos—. ¿Me acompañas, Penélope?

Su amiga se levantó con ella sin dudarlo.

—¿Le gustaría venir, señor MacNeil?

Niven se levantó también y, cuando se volvió para tenderle una mano a Elisabeth, Robert se le adelantó:

—Nosotros los alcanzaremos en cuanto lady Elisabeth se haya recuperado del todo.

Ella fue a protestar, pero solo logró provocarse un nuevo acceso de tos.

Mientras tanto, Diana y Penélope habían convencido al hermano de esta para que se uniera a la pequeña expedición al lago, por lo que, unos segundos más tarde, Robert y Elisabeth se encontraron solos.

Elisabeth tomó otro poco de limonada.

—¿Estás mejor? —preguntó Robert.

Ella asintió.

—Es un muchacho estupendo el joven MacNeil —la tanteó el conde—. Y parece que se preocupa por ti.

Elisabeth miró hacia el grupo, que había alcanzado ya el lago y se disponía a jugar con unos barquitos de vela que los anfitriones habían colocado en el agua para deleite de sus invitados. Desde donde se encontraban, pudo observar cómo MacNeil tomaba uno de ellos entre sus manos.

—Lástima que no sea más que un crío.

Elisabeth se giró rápidamente hacia el conde.

—¿Qué quiere decir con eso? Niven es varios años mayor que yo.

—Niven, vaya... —Robert mostró su sorpresa porque Elisabeth tuviera un trato tan cercano con él.

—Además, la juventud también tiene sus ventajas —siguió defendiéndole ella.

—¿Las tiene?

—Sí, muchas. La gente joven es más idealista y más fácil de satisfacer que las personas mayores.

—Tú podrías satisfacer a un hombre de cualquier edad, Elisabeth. Créeme. —El color afloró al rostro de la joven, y Robert pensó que se ponía muy hermosa cuando la provocaban—. En cualquier caso, me agrada comprobar que sigues manteniendo tus ideas románticas, a pesar de todo.

—Sigo siendo la misma persona que conoció en Greyswood, milord —replicó ella—. No hay nada que pueda hacer para evitarlo.

Le dirigió una mirada llena de orgullo y Robert sintió unas inmensas ganas de besarla allí mismo.

Efectivamente, la joven seguía siendo la misma muchacha valiente que no tenía miedo a seguir sus impulsos.

Elisabeth sintió de nuevo la intensidad de la mirada de él, y dijo:

—Le agradecería que dejara de hacer eso.

—¿De hacer el qué? —preguntó él, que empezaba a enojarse por no poder tenerla.

—De mirarme de ese modo, de tutearme, de tratarme como si entre nosotros hubiera una intimidad que no existe.

El conde acercó su rostro más a ella.

—Lo haré cuando me expliques por qué valoras casarte con ese crío, o incluso con Weiss, y no conmigo.

La respiración de Elisabeth se aceleró, por su cercanía y porque no podía darle una respuesta a su pregunta sin ponerse en evidencia.

—¿Tan horrible soy, Elisabeth, para que prefieras casarte con el viejo Weiss, por quien estuviste a punto de abandonar Inglaterra?

Robert intuía que la estaba llevando al límite. Elisabeth no sabía dónde posar su mirada y, a juzgar por su inestable respiración, parecía estar haciendo grandes esfuerzos para contener sus lágrimas.

Entonces, Robert alargó una mano para acariciar las de ella y el contacto hizo que Elisabeth se pusiera en pie de un salto, como si su roce la hubiera quemado, y se alejara renqueante de él.

Robert se quedó mirándola, sintiendo cómo se le escapaba de las manos. Podía percibir cómo lady Elisabeth se alejaba cada vez más de él, no solo físicamente, y, cuanto más lo hacía, más necesidad sentía él de tenerla cerca.

Más tarde ese día, Robert y Diana iniciaron el regreso a casa muy silenciosos. Al cabo de un largo rato,

Diana pareció salir de la ensoñación en la que estaba sumida y se volvió hacia su hermano mayor:

—Y bien, ¿pudiste hablar con ella?

Robert llenó de aire sus pulmones antes de apartar su mirada de la ventana del carruaje.

—Sí —respondió—. Y su actitud sigue siendo la misma. Parece decidida a conquistar a ese joven imberbe o a casarse con el conde de Weiss. Le pregunté por qué me rechazaba a mí y no fue capaz ni de explicarlo. Creo que con esa conversación doy por finalizado mi intento de hacerla mi esposa.

Robert parecía muy apesadumbrado. No había duda de que había llegado a desarrollar un extraordinario interés por aquella joven que se había hecho pasar por su doncella. Diana lo tenía más que claro desde que fue testigo de la desesperación con la que había visto a su hermano rogarle a Mary, su última noche en Greyswood, que no le dejara.

—Es extraño —reflexionó—. Yo hubiera jurado que su interés por ti era evidente. Su cariñosa actitud contigo en Greyswood, el dolor que le produjo vuestra separación...

—Tal vez era su futuro lo que temía, más que separarse de mí. Tengo que reconocer que yo tampoco le di grandes motivos para quererme.

Diana negó.

—Tenías que haber visto su rostro cuando le dije que ibas a casarte con lady Marian, Robert. Estaba desencajada.

—Quizás eso solo le recordó su propia desgracia.

—Podría ser, pero no lo creo.

Robert elevó los hombros mientras pensaba en los posibles motivos de Elisabeth.

—No lo sé. Igual es cierto que solo busca casarse por amor.

—¿Por amor a Weiss? Vamos, Robert —resopló Diana—. Ese hombre es como una rana vieja.

Robert sonrió y Diana pensó en la conversación que había tenido con Elisabeth en su habitación del castillo, cuando esta era todavía Mary. Ella le había transmitido la idea de que a veces, para entender las cosas, había que verlas desde una perspectiva diferente; según ella, para conquistar a un hombre engreído, lo mejor era no hacerle caso. No creía que Elisabeth considerara a su hermano un engreído, ni mucho menos, pero quizás se estaban equivocando completamente con sus motivos. Tal vez Elisabeth no rechazara a Robert porque no le amaba, sino todo lo contrario...

—Robert, se me está ocurriendo una explicación un poco extraña para la actitud de Elisabeth —empezó a decir.

Cuando llegaron a la casa del duque, Diana había conseguido convencer a Robert para que no cejara todavía en su empeño de conquistar a la joven lady Alwood. A ella le gustaría mucho tenerla como cuñada; era lista y valiente, y realmente creía que apreciaba a su hermano. Y Diana quería la felicidad de Robert por encima de todo, y nunca, jamás, había visto a su hermano mostrar tanto interés por una mujer.

Cuando llegaron a su residencia, encontraron a sus padres, los duques, en el salón junto a su hermano William. Inmediatamente, Diana y Robert intercambiaron una mirada cómplice: allí estaba sucediendo algo importante.

La duquesa parecía muy nerviosa, el duque estaba fuera de sí y William tenía una expresión de derrota en el rostro.

—¿Ha pasado algo? —quiso saber Robert.

La duquesa gimió y Diana fue a situarse a su lado.

Robert miró a William, quien le dedicó un gesto atormentado, y regresó la vista a su padre, que parecía a punto de sufrir un ataque al corazón.

—Lord Linley ha roto el compromiso de tu hermano con lady Sarah —escupió el duque.

Había pocos motivos que pudieran llevar a un par del reino a romper el compromiso de su hija: que se descubriera que el novio ya estaba casado, que padeciera alguna enfermedad grave, que se hubiera arruinado de manera repentina antes de que se produjera el enlace o que se hubiera visto envuelto en un escándalo. Y Robert no tuvo duda de que esta última debía de ser la causa de la cancelación del compromiso de su hermano.

—¿Por qué? —inquirió, alternando su mirada entre su padre y William.

—Trató de seducir a la madre de Sarah.

—La madrastra —aclaró William.

Robert le miró con desprecio.

—¿Cómo se te ocurrió hacer algo así?

—Porque no sabía que era la esposa del conde —aclaró—. Había bebido y la encontré en la biblioteca de Linley, y...

—¿Trataste de seducir a tu futura suegra en su propia casa? —Robert no cabía en sí de asombro.

—¡No sabía que era la madrastra de Sarah! La casa estaba llena de gente, por el amor de Dios. Yo había bebido y fui a descansar un poco a la biblioteca cuando ella me abordó.

—Da igual quién fuera, William. Estabas en la casa de tu futura esposa. ¿No respetas ni siquiera eso?

Robert empujó el pecho de William y este se lanzó inmediatamente sobre él.

Necesitaron de varios minutos y la ayuda de cuatro lacayos para separar a los dos hermanos, que trataban con ese enfrentamiento de liberar toda la ira que habían acumulado contra el otro a lo largo de las últimas semanas. Cuando por fin lograron separarlos, toda la familia parecía exhausta.

—¿Y ahora qué vamos a hacer? —preguntó la duquesa, que en esta ocasión sí había precisado el uso de sales para evitar un desmayo.

—Por lo pronto, William se marchará a América una temporada y yo iré a casa de lord Linley de inmediato a disculparme por su lamentable comportamiento —dijo el duque.

William se llevó las manos al rostro, pero no añadió nada más.

—Yo le acompañaré, padre —se ofreció Robert. No quería que le asociaran con el indigno comportamiento de su hermano.

El duque asintió.

—Y, Robert, deberías ir planteándote el contraer matrimonio. Ahora más que nunca, el ducado precisa de un heredero.

Al parecer, el duque también se había planteado que el matrimonio de William podía suponer una alternativa válida para la sucesión del ducado, pero, una vez roto el compromiso, toda la responsabilidad volvía a recaer sobre su primogénito.

—De hecho —aprovechó para decir Robert—, quería pediros permiso para hacerlo.

Lady Diana miró a su hermano, tratando de transmitirle que tal vez aquel no fuera el mejor momento para lo que estaba a punto de decir.

—¿Por fin te has decidido a pedir la mano de lady Marian? —preguntó el duque, orgulloso como siempre de su hijo mayor.

Robert negó.

—Quiero pedir la mano de lady Elisabeth Alwood, la hermana del marqués de Somerset.

El rostro del duque empalideció.

—No puedes hacer eso. El duque de Devonshire espera desde hace años que te cases con una de sus hijas. Sabes que estamos asociados en varios negocios;

vuestro matrimonio uniría las dos estirpes, y las dos fortunas.

Lady Diana volvió a aplicarle las sales a su madre mientras William miraba a su hermano con asombro.

Robert se aclaró la garganta.

—Lady Elisabeth es perfectamente válida para ser mi esposa. Es hermana de un marqués y...

—¡Y lady Marian es hija de un duque!

El rostro del duque de Greyswood volvía a estar rojo como la grana.

Robert le dio un segundo antes de insistir:

—Padre, no es mi intención ofenderle, pero si consigo que lady Elisabeth me acepte como esposo, me casaré con ella.

«Aunque eso suponga tener que renunciar al ducado».

No hizo falta que Robert pronunciara esas palabras para que, de algún modo, estas resonaran en la habitación y todos las pudieran captar alto y claro.

Los duques intercambiaron una mirada y lady Diana pensó que tal vez, al final, aquel momento no había sido tan malo para el envite de su hermano. William acababa de cavar su propia tumba y ella no podía heredar el título. Era Robert o nada.

La duquesa se puso en pie.

—Dejadnos solos —dijo, refiriéndose a ella y a su esposo.

Los tres hermanos abandonaron el salón para detenerse a escasos pasos de allí, en el recibidor de la casa.

Robert y William estudiaron con disimulo los daños que habían infligido en el otro. Will tenía el labio partido y Robert un ojo contusionado.

—Espero no haberte hecho daño a la vista —deseó el hermano menor.

Robert negó.

—¿Cómo has podido hacerle eso a la pobre lady Sarah? —preguntó entonces Diana—. Debe de estar destrozada. Estaba muy enamorada de ti, ¿sabías?

William asintió.

—Lo sé. Pero también que librarse de mí es lo mejor que le ha podido pasar. Tal vez ella no se dé cuenta ahora, pero acabará haciéndolo.

—Eso es lo más sensato que te he oído decir en los últimos meses —intervino Robert.

Los hermanos se miraron de nuevo, con un viejo aprecio que por momentos habían creído perdido.

—Entonces, ¿vas a irte a América? —quiso saber Robert.

Si viajar a ese continente no era el deseo de William, podía ayudarle a hacer cambiar de opinión a su padre pasados unos días.

Sin embargo, para su sorpresa, su hermano asintió.

—Creo que me vendrá bien alejarme de Inglaterra por un tiempo; que nos vendrá bien a todos que lo haga.

—Vaya... Empiezo a pensar que tenía que haberte sacudido antes —bromeó Robert.

—¿Sacudirme tú? Si te he dado una paliza, hermanito —respondió William, levantando los puños.

Los tres hermanos rieron juntos, como hacía tiempo que no lo hacían.

—¿Y qué es eso de que te vas a casar? —preguntó entonces William—. ¿Quién demonios es lady Elisabeth Alwood?

Robert y Diana intercambiaron una mirada.

—¿Te acuerdas de Mary? —preguntó Robert, antes de tomar a su hermano por los hombros y empujarle hacia la biblioteca.

Horas más tarde, la propia duquesa se presentó en la habitación de su hijo mayor.

Robert estaba sentado en su escritorio, estudiando los planos del puente que Thomas Telford había diseñado para unir la isla de Anglesey a Gales. Imbuir su mente en esos cálculos era lo único que lograba distraerle de pensamientos más profundos.

—Tu padre ha aceptado que le propongas matrimonio a la hija del difunto marqués de Somerset —anunció la duquesa—. Pero, Robert, no vuelvas a olvidar que el ducado está por encima de todo.

Robert recordó el consejo que le había dado su tía Violet respecto a no poner el ducado por delante de su felicidad; justo lo contrario a lo que ahora le decía su madre.

—Nunca lo he olvidado, madre. Pero ¿qué clase de duque sería si no tuviera claro lo que quiero?

Lady Augusta mostró su aceptación.

—Espero que esa lady Elisabeth esté a la altura de las circunstancias.

—No tengo ninguna duda de que lo estará, madre. Será la mejor duquesa que haya habido, después de usted.

Lady Augusta dibujó una fría sonrisa en su rostro y, tras mirar a su hijo con algo parecido al orgullo, abandonó su habitación.

Capítulo 20

Robert se vistió despacio, poniendo toda su atención en cada detalle de su atuendo. Había elegido su mejor traje, y él mismo se había abotonado el cuello de la camisa. Mientras observaba cómo su ayuda de cámara le colocaba los gemelos, apretó la mandíbula y no intercambió ni una sola palabra con él, de tan concentrado como estaba en su único objetivo. Aquella noche estaba decidido a obtener lo que quería.

Cuando llegó al baile estudió a Elisabeth con detenimiento. Estaba preciosa envuelta en un vestido verde con dibujos bordados en hilo de oro.

Elisabeth se percató de la presencia del conde justo antes de que le llegara el turno de bailar con Weiss y, cuando los ojos de él la acompañaron hasta la pista de baile, se sintió terriblemente avergonzada. Sin embargo, al volver a mirar en su dirección algo más tarde, distinguió un pequeño gesto por su parte, como si le estuviera diciendo que mantuviera la frente alta. Casi pudo sentir su voz grave susurrándole al oído: «No debes avergonzarte; estás siendo muy valiente».

Elisabeth se incorporó sobre sí misma, apuntó la barbilla hacia arriba y comenzó a bailar.

Después del conde de Weiss le tocó el turno a Niven MacNeil. Cuando Elisabeth regresó a la pista con él, pudo ver cómo Robert hacía lo propio con lady Marian cogida de su brazo.

El conde estaba magnífico, con un elegante traje que parecía recién estrenado, y trató a su pareja con gran deferencia en todo momento. Elisabeth dedicó todos sus esfuerzos a tratar de concentrarse a su vez en la suya, pero la presencia de lord Downey en la pista la atraía como un imán.

Cuando la música terminó, Niven acompañó a Elisabeth de vuelta a la zona donde estaban reunidas las mujeres solteras. Breves instantes después, el conde se acercó hasta ella:

—¿Sería tan amable de concederme el próximo baile? —preguntó con gran ceremonia.

Elisabeth hizo como si consultara su carné y, con la mejor de sus sonrisas en el rostro, respondió:

—Me temo que tengo toda la noche ocupada, milord.

Robert emitió algo muy parecido a un gruñido y tomó a Elisabeth del brazo, como había hecho tantas veces en Greyswood, para sacarla de allí.

Mientras caminaban, en lugar del tierno tacto de la joven al que estaba tan habituado, Robert pudo sentir cómo sus dedos palpaban algo duro bajo su guante. En cuanto estuvieron en la terraza, lejos del alcance de las indiscretas miradas del resto de los invitados a la fiesta, el conde bajó el trozo de tela para descubrir qué era lo que Elisabeth escondía con tanto ahínco.

Con gran sorpresa, extrajo del interior del guante de la joven una tablilla igual a las que habían utilizado en Greyswood para construir la maqueta de la rueda hidráulica.

Robert le mostró la pieza a Elisabeth y arrugó el ceño en una silenciosa pregunta. Aquella podía ser la prueba que confirmara la teoría de su hermana Diana sobre los verdaderos sentimientos que Elisabeth albergaba hacia él, pero, entonces, ¿qué sentido tenía que ella siguiera empeñada en rechazarlo?

Elisabeth guardó un terco silencio y el conde terminó preguntando:

—¿Por qué no has querido bailar conmigo?

—No deseaba ponerle en un compromiso, milord —respondió ella.

—Ya me pusiste en un compromiso en Greyswood, ¿recuerdas? Porque yo no logro olvidar la forma en la que respondiste a mis afectos.

Elisabeth le miró con enojo, y Robert no pudo evitar acariciarle el rostro para tratar de borrar el gesto de disgusto de él.

—No era mi intención hacer que se sintiera responsable de mí, milord. Si se ha visto comprometido de algún modo, puede darse por liberado.

—¿Liberado?

Robert rio con incredulidad y Elisabeth extendió su mano, con la palma hacia arriba, pidiéndole la tablilla de vuelta.

En respuesta, Robert la tomó de la cintura y la apretó contra él. Acercó sus labios a los de ella para detenerse un centímetro antes de llegar a besarlos, el tiempo justo de ver cómo ella cerraba los ojos y abría la boca para él, a la vez que dejaba escapar un suspiro.

Robert la besó con desesperación. De algún modo trataba de conseguir así lo que no parecía lograr solamente hablando con ella: que se rindiera de una vez a él.

Elisabeth sintió como si la tierra se moviera bajo sus pies. Le parecía estar viviendo el sueño que la había asediado cada noche desde que el conde la besó por primera vez. El pulso se le aceleró y sintió que, en aquel momento, haría cualquier cosa que él le pidiera.

Robert gimió ante la obvia respuesta de Elisabeth y estrechó aún más su abrazo. El sabor de la joven se mezclaba con el fresco aroma de la noche, y el conde supo que estaba a punto de perder el control.

Se separó levemente de ella, quedando a la misma distancia a la que había estado justo antes de tomar sus labios. Ella tardó unos instantes en sentir su ausencia y abrir ligeramente los ojos, aturdida.

—Por favor, milord —rogó.

Aquello no podía seguir así.

—Llámame Robert —pidió él, antes de volver a posar sus labios sobre los de ella—. Di mi nombre, Elisabeth.

Robert tenía claro que la moza que le había conquistado en Greyswood había desaparecido tiempo atrás para dejar paso a lady Elisabeth, una muchacha inteligente, valiente y muy sensual de la que no creía que pudiera saciarse nunca. Y necesitaba saber que a ella le había sucedido lo mismo, que había dejado de ver al conde para desear al hombre que sustentaba aquel título.

La mente de Elisabeth no dejaba de hacerse eco de su nombre: «Robert, Robert». Pero se sentía mareada, y los labios del conde no parecían dispuestos a darle tregua. Entonces sintió cómo la boca de él descendía por su mentón y se acercaba a su oído, donde susurró de nuevo:

—Elisabeth, por favor. Pronuncia mi nombre.

—Robert —dejó escapar ella al fin, con un hilo de voz.

Robert la abrazó contra él y hundió la cara en su cabello, mientras trataba de controlar su respiración. Después, tomó el rostro de ella entre sus manos y dijo:

—Ahora vamos a volver a la fiesta y vas a concederme el baile que me acabas de negar. Y, a partir de hoy, vas a considerar la posibilidad de casarte conmigo al final de la temporada si no encuentras otro pretendiente que te agrade más que yo.

Elisabeth tenía los ojos llenos de lágrimas.

—¿Y qué hay de lady Marian? —preguntó, desesperada.

—¿Qué sucede con lady Marian? —dijo él a su vez, apartando con los pulgares las lágrimas que rodaban por las mejillas de ella.

—Tu hermana me dijo que estabas comprometido con ella.

Robert negó.

—Nunca he estado comprometido con lady Marian, ni con nadie más —respondió, besando de nuevo los labios húmedos de ella.

—¿Y qué te hace pensar que podrás hacerlo conmigo? ¿Comprometerte de verdad?

Robert la miró en silencio. Sabía lo que Elisabeth le estaba pidiendo: que se entregara a ella por completo.

—Lo quieres todo, ¿no es cierto? —Lentamente, apartó las manos de su rostro—. Algo me dice que con tus otros pretendientes no te estás mostrando tan exigente.

Elisabeth negó, mientras decía entre lágrimas:

—Esto es distinto. Contigo... Yo... No sé si podría soportar tu desprecio.

Robert sonrió con una mezcla de pesar e ironía.

—Vaya. Te creía más valiente.

Elisabeth casi pudo palpar su resistencia, y creyó que Robert nunca se entregaría a ella del modo en que ella se había rendido ya a él. Y aquello le dolió más que si le hubieran atravesado el corazón con un cuchillo.

Pero, como siempre, se recompuso y, con la determinación que había mostrado otras veces, dijo, antes de volver al salón donde la fiesta seguía su curso:

—Pues ya ves; al parecer, no lo soy tanto.

Esa noche, en su habitación, Elisabeth volvió a llorar por el conde de Downey, y se prometió que aquella sería la última vez que lo hiciera. El hombre no parecía dispuesto a darle lo que ella le pedía, ni siquiera a tratar de hacerlo. Elisabeth podía entender que Robert no la amara, pero no que no se diera la oportunidad de intentarlo. Era como si entre ellos hubiera una pared de cristal que nunca le permitiría acercarse lo suficiente a él.

Repasó cada beso y cada caricia que habían compartido, cada palabra de la conversación que había tenido con él. Y, en un momento dado, se dio cuenta de que el discurso del conde había cambiado esa noche. Robert no se había ofrecido como antes a casarse con ella si nadie más la quería al final de la temporada, sino que le había pedido que le tuviera en consideración si no encontraba a ningún otro pretendiente que fuera más de su agrado que él. Indudablemente, no era la entrega total y absoluta que ella hubiera deseado, pero el conde parecía haber rebajado sus condiciones hasta el punto de pedirle que, aunque tuviera otras opciones, valorara desposarse con él. Como si hubiera alguien más en el mundo a quien ella pudiera preferir...

Al tiempo que Elisabeth volvía a analizar cada gesto de Robert desde esa nueva perspectiva, este golpeaba con los nudillos la puerta del dormitorio de su hermana Diana. Mientras esperaba a que ella le abriera, volvió a observar la tablilla que le había quitado a Elisabeth, como si en ella estuviera la respuesta al misterio que la joven entrañaba para él.

Tras unos instantes, Diana, ya en camisón, abrió la puerta y se quedó observando el aspecto derrotado de su hermano.

—Diana, tienes que hacerme un favor...

Al día siguiente, en Londres no se hablaba más que de la posibilidad de que lady Elisabeth Alwood no se hubiera encontrado enferma al inicio de la temporada, como había afirmado su familia, sino que se hubiera fugado de la casa de su hermano persiguiendo a un amor todavía por identificar. Nadie sabía a ciencia cierta dónde había estado la joven durante las dos semanas en las que no se la había visto en público, pero algunas de las teorías apuntaban a que había estado escondida en algún lugar cercano a la residencia de su familia en Artington.

A lo largo de la mañana, varias amigas de la madre de Elisabeth se presentaron en su casa de Londres para darle cuenta de tales informaciones, y a Sebastian se lo comentaron también en el club un par de conocidos de su más absoluta confianza.

Nadie sabía cuál había sido la fuente de aquel rumor, pero no había duda de que el tiempo que Elisabeth tenía para encontrar un esposo había finalizado.

A mediodía, lord Downey se presentó en la casa del marqués de Somerset acompañado por sus padres, los duques de Greyswood. Pidió reunirse con Sebastian con urgencia. Un lacayo salió de la residencia para dar aviso al marqués, que se encontraba en el club, y Sebastian regresó rápidamente a entrevistarse con el conde. Tras la reunión, de la que los duques y su hijo salieron circunspectos, Sebastian mandó llamar a su hermana.

Elisabeth había dormido mal esa noche. Le había costado conciliar el sueño y, cuando por fin lo logró, tuvo pesadillas en las que Robert volvía a besarla con pasión y ella se abandonaba a él para, de pronto, descubrir que no era el conde de Downey quien la acariciaba dulcemente, sino que eran las viejas y torpes manos de Weiss las que recorrían su cuerpo.

Elisabeth se despertó en múltiples ocasiones y, cuando en una de ellas vio que por fin había amanecido, saltó de la cama deseando dejar atrás las sensaciones tan desagradables que la habían poseído y se fue a dar un largo paseo por Hyde Park. Tras él, regresó a casa para almorzar algo y echarse en la cama a descansar. En ello estaba cuando recibió la llamada de su hermano y bajó a encontrarse con él en su despacho.

—Lizzy. —Sebastian estudió con preocupación las ojeras que envolvían los ojos de su hermana y la enorme tristeza que estos emanaban—. ¿Has hablado con nuestra madre esta mañana?

Elisabeth negó mientras tomaba asiento, y Sebastian sospechó que todavía no se había enterado de que ya había sido puesta en evidencia.

—Lizzy, la gente lo sabe —dijo, sin más preámbulos.

Elisabeth miró a Sebastian con serenidad.

—¿Qué saben exactamente?

—Todo. Se rumorea que te fugaste de casa al inicio de la temporada. Se dice que perseguías a un hombre.

Los ojos de Elisabeth se agrandaron.

—¡Pero eso no es cierto!

Sebastian se encogió de hombros.

—Me temo que eso da igual. Lo que importa es que la fuga sí fue real y que la atención de todos está ahora puesta sobre ti. Y solo hay una forma de escapar de esta situación sin que tu reputación se hunda.

Elisabeth pensó en las opciones que tenía. La salida más fácil sería casarse con el conde de Weiss. No creía que el hombre fuera a poner pegas a pesar de los rumores, si es que acaso se había hecho eco de ellos, ni que le disgustara que le propusieran celebrar una boda rápida, dado que a él tampoco le sobraba mucho tiempo.

Otra alternativa sería sincerarse con Niven Mac-Neil y pedirle que se casara con ella. Tenían personalidades parecidas y Elisabeth creía que el joven escocés podía llegar a quererla, pero se resistía a meterle en un problema así siendo él tan joven y sin haber llegado ni siquiera a declararle a ella su interés.

Y, en último lugar, estaba la posibilidad de casarse con Downey. Solo pensar en pasar el resto de su vida cerca de él hacía que se le acelerara el corazón, pero Elisabeth temía acabar siendo terriblemente desgraciada a su lado, más que en cualquiera de las otras dos opciones.

La joven miró a su hermano con desesperación.

—¿Qué piensas? —dijo este, ocupando una silla a su lado.

—Que Weiss parece la mejor solución —respondió ella con resignación.

—¿Y Downey?

Elisabeth apartó su mirada de la de su hermano.

—Downey me da miedo —reconoció.

Sebastian no tuvo que preguntarle por qué. Se le ocurrían múltiples razones por las que un matrimonio con Weiss le pudiera resultar, en apariencia, mucho más fácil a su hermana que casarse con un hombre como Downey.

—Ha venido esta mañana a pedir tu mano.

Elisabeth miró a su hermano con asombro.

—¿Lord Downey?

Sebastian asintió.

—Acompañado por sus padres, los duques.

—¿Y por qué no me avisaste?

—Él me pidió que no lo hiciera.

—¿Por qué?

—Quería hablar conmigo y decirme por qué considera que él es la mejor opción para ti. Además, me informó de que a Niven MacNeil le han concedido una beca para estudiar en una prestigiosa universidad de los Estados Unidos.

El rostro de Elisabeth se contrajo y pensó inmediatamente en Weiss.

—También me dijo que existe la posibilidad de que el conde de Weiss retire su propuesta de matrimonio esta misma tarde —continuó su hermano, como si hubiera leído sus pensamientos—. Al parecer, ha descubierto que pasaste en casa de Downey las dos semanas que estuviste desaparecida.

Elisabeth sintió cómo la segunda de sus tres únicas cartas caía de sus manos.

—¿Cómo ha podido saber eso Weiss?

Sebastian volvió a encogerse de hombros. Aquello también daba ya igual, lo importante era reaccionar antes de que lo averiguara nadie más.

—Lizzy, ¿pasó algo con el conde mientras estuviste en Greyswood que no me hayas contado?

Los ojos de Elisabeth se humedecieron.

—Puedes confiar en mí, Lizzy. Quiero ayudarte.

—Puedo intentar hablar con Weiss yo misma —sugirió ella, ignorando la pregunta de su hermano—. Lord Downey podría ayudarme a convencerle, apoyando mi versión de los hechos. No tengo nada que ocultar, Sebastian.

—Le di mi bendición a Downey, Elisabeth. Le dije que te casarías con él lo más pronto que se pudiera.

—En ese caso, debo hablar con lord Downey antes de que sea demasiado tarde —insistió Elisabeth—. Él es el único que puede romper el compromiso.

—¿Estás segura de que eso es lo que quieres?

Sebastian fijó sus ojos azules en su hermana y Elisabeth no fue capaz de responder.

Su hermano insistió en acompañarla a la residencia del duque de Greyswood, pero, una vez allí, tuvo la deferencia de concederle unos minutos a solas con lord Downey.

Este la recibió en el despacho de su padre.

—Tienes mala cara —constató nada más verla.

Elisabeth supo que debía de ser así. ¿Qué aspecto iba a tener si se encontraba en medio de una encrucijada?

El conde, en cambio, le pareció que estaba más guapo que nunca.

—¿Debo suponer que has hablado con tu hermano? —volvió a decir él, con gran tranquilidad.

Elisabeth asintió, incapaz de responder de palabra.

Robert, apreciando su nerviosismo, le sirvió un vaso de agua. Cuando lo fue a beber, la mano de Elisabeth temblaba tanto que él tuvo que ayudarla a sostenerlo.

—Y me imagino que si has venido es porque tienes algo que decir al respecto —añadió, estudiándola con seriedad.

—He... —Elisabeth carraspeó—. He pensado que podríamos hablar los dos con el conde de Weiss y explicarle lo que sucedió en Greyswood. De ese modo, él comprendería que mi reputación no está comprometida y puede que todavía acceda a casarse conmigo.

Era la única solución que se le había ocurrido. Una vez que su hermano le había entregado su mano a Robert, solo él podía romper el compromiso.

El conde la miró con un brillo peligroso en la mirada.

—Muy bien. ¿Y qué parte sugieres que le expliquemos primero a Weiss? ¿Aquella en la que nos besamos en el ático, o la ocasión en la que metí mi mano por debajo de tu falda a la orilla del río?

Elisabeth sintió como si un rayo paralizara su cuerpo.

Robert le quitó el vaso de las manos para dejarlo sobre una mesa. Después, volvió a acercarse a ella y le hizo levantar el rostro hacia él, igual que había hecho la vez que bailaron juntos.

—Vamos a casarnos, Elisabeth. La protección que te puede ofrecer mi familia le da mil vueltas a la del viejo Weiss; aparte de que no puedes negar que él no te hace sentir lo mismo que yo.

Como si quisiera demostrarle esto último, Robert tomó el rostro de Elisabeth y la besó. Ella se preparó para hacer frente a la arrolladora pasión a la que él la tenía acostumbrada, pero el conde la sorprendió con un beso suave que a Elisabeth le resultó todavía más íntimo que los anteriores.

—No te preocupes más, dulce Elisabeth. Solo déjalo todo en mis manos.

Y Elisabeth comprendió con desasosiego que ese todo incluía necesariamente su corazón.

Capítulo 21

La noche antes de que se celebrara la boda, las hermanas de Elisabeth la visitaron en su habitación.

—¿No es excitante? —preguntó Olivia mientras ponía su mano bajo el bordado del velo de tul que su hermana luciría al día siguiente en la iglesia, para poder verlo mejor—. A partir de mañana serás una mujer casada. ¡Y nada menos que con el guapísimo conde de Downey!

Elisabeth forzó una sonrisa y Amelia la miró con preocupación.

—¿Estás contenta, hermana? —preguntó.

—Estoy muy nerviosa —evitó responder ella.

Y de verdad lo estaba; tanto como si se encontrara al borde de un precipicio sabiendo que la menor ráfaga de aire la haría caer al abismo.

—Pero él te gusta, ¿verdad? —quiso saber Olivia.

Elisabeth estudió el bonito rostro de su hermana. Olivia tenía sus mismas pecas y un cabello rubio tan indomable como su carácter. También sus ojos eran más claros que los de Elisabeth, de un tono cercano al de la miel, y en ese momento se veían llenos de preocupación por ella.

Elisabeth suspiró.

—No le gusta —respondió Amelia por ella—, pero está perdidamente enamorada de él.

Elisabeth volvió a respirar hondo y se abrazó a sí misma, lo que hizo que sus dos hermanas corrieran a estrecharla también.

—Todo irá bien —le aseguró Amy—. Lord Downey se ha molestado mucho como para no albergar sentimiento alguno hacia ti.

—Oh, Amy —dijo Elisabeth, impresionada por la sabiduría de su hermana, y deseando que estuviera en lo cierto.

—Además, hubieras tenido que elegir marido igualmente esta temporada, ¿no? —añadió Olivia—. Y el conde es sin duda un candidato perfecto, ¿no crees?

Elisabeth calló.

—Lizzy, serás feliz, ¿verdad?

Elisabeth liberó sus brazos para rodear con ellos a sus hermanas. Ella era la mayor de las tres, su deber era tranquilizarlas. Pensó en Greyswood, en sus campos y en el río, en las personas del servicio y en la tía Violet, y asintió.

—Seguro que sí —dijo, tratando de creérselo—. Seguro que sí.

A la mañana siguiente, Elisabeth atravesó el portón de la iglesia de San Jorge acompañada de la música de su órgano y cogida del brazo de su hermano. En el momento en el que pisó el templo, sus nervios parecieron evaporarse y marchó decidida al encuentro de su futuro esposo.

Al lado de la bellísima duquesa de Greyswood, el conde estaba imponente y la recibió con una leve sonrisa que solo ella pudo apreciar. «Sé valiente, Elisabeth», sintió que le decía una vez más.

Si hubiera tenido que buscarlas, Robert no hubiera encontrado las palabras para describir el aspecto que Elisabeth tenía aquel día. Estaba radiante en su vestido de novia, con una llama de determinación en los ojos y la expresión serena de quien tenía muy claro lo que estaba haciendo. Robert sintió un gran orgullo por ir a convertirse en su marido y pensó que iba a ser la mejor duquesa de la historia. Y también la mejor esposa, si él la dejaba serlo.

Tomó su mano y se volvió hacia el obispo, invitándole a que le uniera a esa mujer para siempre.

Como regalo por sus nupcias, el duque puso a nombre de su hijo una de sus múltiples propiedades en Londres. Sin embargo, como no habían tenido tiempo suficiente para acondicionarla, Robert decidió pasar una temporada con su recién estrenada esposa en Greyswood. Podían haberse quedado en la residencia de los duques en la capital, pero William y Diana también estarían allí, y Robert prefirió buscar un poco de intimidad. Además, sentía un gran deseo por volver con Elisabeth al lugar donde había comenzado su historia con ella.

Partieron de viaje el mismo día de la boda y se detuvieron a pasar la noche en la residencia de campo de lady Chatterly, una viuda a la que Robert conocía bien y ante quien había pensado que sería una buena idea dejarse ver.

—Esa mujer conoce a todo Londres y es una apasionada de los cotilleos —le dijo a Elisabeth en el camino—. Creo que nos puede ser útil para lavar tu imagen.

Cuando avistaron la casa, Robert tomó la mano de Elisabeth.

La residencia de la viuda era una casa prodigio, donde tenían a gala haber albergado a Isabel I en más de una ocasión. De fuerte influencia flamenca, tenía el tejado lleno de pináculos y torres, y la fachada cubierta de ventanales con parteluces de piedra. Elisabeth le dedicó a Robert una esplendorosa sonrisa, ignorante de quién era la dueña de todo aquello.

Lady Chatterly los recibió con gran alegría y con lo que a Elisabeth le pareció un exceso de familiaridad.

—Robert, querido. Cuánto me alegro de volverte a ver —dijo, nada más ver al conde—. ¿Así que esta es la afortunada futura duquesa?

A Elisabeth no le gustó que se refiriera de ese modo a ella, a quien su futuro título no le importaba en absoluto. Pero menos aún le gustaron las miradas y los gestos que aquella mujer le dedicó a su marido.

Los ubicaron en cuartos diferentes, como era habitual; el de Robert más cerca del de la baronesa de lo que habría sido normal. Sin embargo, Elisabeth no se atrevió a decir nada.

Tras la cena, fue el propio Robert el que se encargó de despedirla.

—Estarás cansada del viaje, querida. Yo tomaré la copa que lady Chatterly está a punto de ofrecerme y luego iré a verte.

La acompañó hasta la puerta del salón, donde Elisabeth tuvo un momento de duda. No quería marcharse sin él y dejarle junto a aquella mujer que no le inspiraba ninguna confianza. Sin embargo, el conde insistió en voz baja: «Ve a descansar; yo me encargo», y ella no tuvo más opción que hacerlo.

—No parece gran cosa —sentenció la baronesa nada más salir Elisabeth de la habitación.

—Es una muchacha discreta —fue la débil defensa de Robert.

—No la veo con arrestos para escaparse de casa.

Robert sonrió para sus adentros. Tal y como esperaba, la viuda estaba al tanto de todo.

—Bueno, no fue tanto como dicen. En realidad, acudió a Greyswood a visitar a Diana y llevaba a su dama de compañía con ella.

Los ojos de la baronesa se afilaron.

—Pero tu hermana estaba en Londres en esa época, ¿no?

Robert se dio tiempo para responder tomando un trago de su copa.

—Se citaron allí y Diana se retrasó un poco.

—¿Más que tú? —preguntó la baronesa, elevando sus cejas, tan apuntadas como el tejado de la casa.

—Sí. Yo llegué un par de días antes de que lo hicieran Diana y mi madre, pero apenas salí de mi habitación. Me estaba recuperando de un desagradable encuentro que había tenido en Londres.

—Es cierto —recordó la baronesa, pensando que tal vez pudiera sacarle más jugo a aquella historia que a la de la terriblemente sosa condesa—. ¿Qué pasó con eso? Te hirieron en un duelo, ¿no es verdad?

Robert se sirvió otra copa. Tenía que darle algo interesante a la viuda para que se despreocupara de Elisabeth, y William habría de ayudarle con eso.

—En realidad, solo trataba de salvar a William de un escándalo. Mi hermano había estado flirteando con una mujer casada, pero al final mis esfuerzos han resultado inútiles y lord Linley ha acabado rompiendo el compromiso de William con su hija igualmente.

Los ojos de lady Chatterly se agrandaron mientras se ponía de pie para acercarse a Robert. No le había llegado ni una palabra de aquella ruptura; tal vez ella fuera la primera persona en saberlo.

—¿De veras? ¿Y qué pudo suceder para que lord Linley hiciera algo así?

—Averiguó que mi hermano es un imbécil.

Lady Chatterly rio. Conocía bien las historias de William Greyswood.

La dama se acercó a Robert y acarició las solapas de su chaqueta.

—Me alegro de que fuera él quien se acostó con

lady Wharton. Me puse terriblemente celosa al pensar que habías sido tú.

Robert sonrió. Sabía que lady Chatterly era una embaucadora, pero habían vivido mucho juntos y no dudaba de que su aprecio hacia él fuera sincero.

—Como cuando supe que te habías casado... Espero que eso no cambie nada entre nosotros.

Robert tomó la mano de la baronesa y la besó.

—Pronuncié los votos esta misma mañana, Margaret. Y mi esposa descansa en la habitación que está sobre el techo de este salón. No creo que sea el momento más apropiado para mantener esta conversación...

Lady Chatterly sonrió y se mordió el labio inferior. Por lo menos aquello no era un no.

Al día siguiente, después de desayunar, Robert y Elisabeth retomaron su camino hacia Greyswood. La bella baronesa fue hasta el carruaje a despedirles.

—Os deseo la mayor de las suertes. Lady Downey, es usted una verdadera afortunada.

—El afortunado soy yo —respondió Robert por su esposa, antes de besar la mano de la viuda.

Y, mientras ayudaba a Elisabeth a subir al carruaje, oyó a lady Chatterly replicar en voz baja:

—Sé bien lo que digo, querido.

Cuando su marido la siguió dentro del coche, Elisabeth pudo apreciar la sonrisa que aún tenía en el rostro.

Volvió a preguntarse si habría pasado la noche con esa mujer mientras ella le esperaba infructuosamente en su habitación, hecha un manojo de nervios. Elisabeth apretó los dientes, preguntándose si sus peores temores se habrían materializado tan pronto.

—¿Pudiste descansar anoche? —preguntó Robert cuando llevaban ya un buen rato en marcha.

Elisabeth asintió y desvió su mirada hacia la ventana. Su marido tomó su mano, igual que había hecho el día anterior. Parecía contento.

—Cuéntame cómo es Loseley Park.

Se dirigían a la residencia de la familia de Elisabeth en Artington, la última parada que harían antes de llegar a Greyswood.

Elisabeth le miró. El conde tenía cara de no haber descansado mucho.

—¿Lady Chatterly es tu amante? —preguntó.

Robert empalideció y a Elisabeth ya no le hizo falta su respuesta.

—¿Estuviste con ella anoche?

Su misma noche de bodas... El corazón de Elisabeth temblaba dentro de su pecho.

Robert se quedó mirando a su mujer y comprendió cuánto se había equivocado con la visita a lady Chatterly. Elisabeth creía haber visto confirmados sus miedos, y él se dio cuenta de cuán grandes eran estos y de la poca confianza que su mujer tenía en él.

«¿Serías capaz de comprometerte conmigo?».

—¿Crees que me acostaría con otra mujer en nuestra noche de bodas? —preguntó preocupado.

Elisabeth se encogió de hombros y Robert soltó su mano.

—No sé dónde pasaste la noche —se justificó ella con tristeza—. Solo sé que no estuviste conmigo.

—Ni tampoco con ella —replicó él, enojado—. Yo solo... Pensé que estarías cansada.

Apenas intercambiaron palabra el resto del camino. Robert no acertaba a comprender por qué Elisabeth estaba tan afectada. Tal vez ir a casa de lady Chatterly no había sido la mejor de las ideas, pero en su mundo no era raro que los matrimonios se relacionaran con los amantes, antiguos o actuales, de sus parejas. Y él hacía tiempo que no había compartido cama con la viuda Chatterly. Lo que no estaba considerando Robert era que su mujer estaba enamorada de él.

Llegaron a Artington con tiempo de pasear por sus acogedores jardines antes de la cena. Aquello los ayudó a relajarse un poco. Al pasar junto a los parterres de flores de su madre, Elisabeth le contó a Robert cómo se le había ocurrido la idea de numerar las tablillas de la rueda hidráulica de Greyswood. Él sonrió al recordarlo. Aquello había sucedido un instante antes de que él decidiera hacer de Mary su amante.

Robert tomó a Elisabeth de la cintura y, haciéndola volverse hacia él, la besó. Había querido hacer de ella su amante y ahora era su mujer. Para siempre. Volvió a besarla. Elisabeth empezó a responder a su contacto, pero entonces él se detuvo. Había algo que tenía que dejar claro antes:

—Lady Chatterly fue mi amante —reconoció, y sujetó el rostro de su mujer cuando ella fue a apartarlo de él—. Fue una torpeza por mi parte no pensar en lo que eso te haría sentir. Pero ya no lo puedo arreglar, Elisabeth, y no quiero que se interponga entre nosotros.

Ella pareció tomar fuerzas para decir:

—Me dolió pensar que esa mujer había estado más cerca de ti que yo.

Robert negó y la obligó a mirarle a los ojos.

—Eso no es así, Elisabeth. A ti te llevo dentro.

Y, poniendo la mano de ella sobre su pecho, volvió a besarla.

Antes de regresar a la casa, Elisabeth aprovechó el clima de sinceridad que se había creado entre ellos para preguntarle a su reciente marido algo que llevaba queriendo saber desde el día en que le conoció.

—¿Cuál fue la verdadera causa de tu ceguera?

—Tomé parte en un duelo —confesó él.

—¿Un duelo por una mujer?

Robert pudo ver asomar de nuevo la angustia en la mirada de su esposa.

—Ocupé el lugar de mi hermano William —aclaró—. Lord Wharton le había sorprendido saliendo de su casa después de haber pasado la noche con su mujer.

—Con lady Wharton... —comprendió Elisabeth—. ¿Por eso te escribió?

Robert asintió.

—Entonces, ¿tú no tuviste nada que ver con lady Wharton? —preguntó ella, esperanzada.

Robert la miró fijamente.

—No en esa ocasión.

La mirada de Elisabeth se ensombreció.

—Elisabeth —la llamó Robert, acariciándole el rostro—. No puedo borrar mi pasado, y puede que no siempre haya hecho las cosas bien, pero ahora soy un hombre casado, contigo, y todo eso ha quedado atrás. Te lo prometo.

Elisabeth deseaba creerle por encima de todo.

—Déjame que te lo demuestre, Elisabeth —pidió él—. Dame tiempo y te juro que lo haré.

Elisabeth cerró los ojos un instante y asintió.

Esa noche el conde tampoco fue a verla a su habitación, pero tuvo la delicadeza de dejarle claras sus intenciones antes para que ella no le esperara.

—Quiero que descanses. Es un viaje largo y ayer no dormiste nada por mi culpa, y no quiero que enfermes por esto. Mañana estaremos en Greyswood y allí todo será diferente —le prometió, como si confiara en que Greyswood fuera capaz de solucionarlo todo.

Cuando al día siguiente vieron aproximarse las regias torres del castillo del duque, Robert volvió a tomar la mano de Elisabeth y, en esa ocasión, ella se la estrechó con fuerza.

La asaltaron muchas dudas, la primera de todas cómo reaccionaría el servicio al reconocerla.

—William envió un mensaje adelantándoles la noticia. Les explicó quién eras y que serías la futura duquesa —la informó el conde—. A veces el idiota de mi hermano hace alguna cosa bien.

Elisabeth sonrió. William había ido a visitarla después de que Robert anunciara su compromiso. Se había mostrado consternado por todo lo ocurrido y había compartido con ella sus planes de marcharse al extranjero para tratar de buscar su lugar. Y ella, como no podía ser de otro modo, había sabido darle otra oportunidad.

Elisabeth inspiró hondo y se preparó para entrar en la fortaleza de Greyswood. En el interior de esta, todos los miembros del servicio los esperaban expectantes, igual que habían hecho semanas atrás cuando el conde apareció por allí una madrugada, ciego e inundado de rabia.

La primera persona a la que reconoció Elisabeth fue al señor Wilson, el mayordomo, quien le regaló una de sus cálidas miradas. La señora Arnold también tuvo para ella un gesto amable, y hasta la señora Carlton intentó sonreír. Aquellas personas habían llegado a apreciar a Mary y, por ende, también a ella. Solo hubo dos muchachas que no se atrevieron a levantar su rostro hacia Elisabeth: la doncella que la había insultado por acercarse a Robert y la pequeña Grace.

El conde les dirigió a todos unas palabras y les presentó a Elisabeth como su esposa, sin hacer ninguna alusión a la moza Mary. Después, subió con ella del brazo por la escalera.

—No es la primera vez que hacemos esto juntos, ¿no? —le susurró a Elisabeth para tranquilizarla, dedicándole una cálida sonrisa.

La acompañó hasta la puerta de la que sería su habitación, donde la dejó para que pudiera arreglarse para la cena.

Volvieron a encontrarse una hora más tarde en el comedor, y a Elisabeth se le hizo tremendamente extraño ocupar el lugar en el que había visto sentada a la duquesa.

Cuando se disponían a comenzar la cena, recordó las veces que le había mostrado a Robert dónde se encontraban los cubiertos, y cómo él alargaba el contacto de sus manos hasta convertirlo en una caricia. Aquello la hizo sonrojar.

Robert, que no podía apartar la vista de su mujer, sonrió.

—No sabes cuánto agradezco poder verte —dijo, recordando todas las veces que había deseado ver la expresión de ella cuando estaba ciego—. Ahora mataría por saber lo que estás pensando.

La luz de las velas se reflejaba en su mirada.

—Eso te llevará un poquito más de esfuerzo —bromeó ella, arrancándole una carcajada.

El lacayo Henry se acercó entonces a ella para rellenar su copa de vino.

—Estamos todos muy felices de tenerla de vuelta, milady —dijo, saltándose todos los protocolos.

Elisabeth le sonrió como respuesta y Robert frunció el ceño. No había oído lo que el muchacho había dicho. Ella notó su desconcierto y le dirigió una esplendorosa sonrisa, y Robert se dio cuenta de que estaba mucho más que comprometido con esa mujer.

Cuando terminaron de cenar, Robert se acercó a la silla de ella y la ayudó a levantarse. Salieron al recibidor cogidos del brazo y, cuando llegaron al pie de la escalera, Elisabeth le dijo:

—¿Te importaría adelantarte? Tengo que hablar un momento con alguien.

Aquello tomó a Robert tan desprevenido que no pudo decirle que por supuesto que le importaba, que llevaba dos días esperando a estar con ella a solas en su habitación. ¿Cómo dos días? ¡Casi dos meses!

Elisabeth, ajena a los pensamientos de su marido, le sonrió y se dirigió al pasillo que conducía a la zona de servicio, decidida a encontrar a Grace.

Cuando entró en la cocina, la asaltaron nuevos recuerdos: la primera vez que entró allí, empapada y aterida de frío; el día que el sol atravesó con su calor aquella estancia; las veces que había preparado la infusión para su ahora marido junto a la señora Arnold...

En ese punto alguien detectó su presencia y todos los que estaban sentados se pusieron de pie, y los que se encontraban haciendo algo abandonaron sus tareas.

—Milady —dijo la señora Carlton, con la preocupación reflejada en el rostro.

¿Acaso la nueva condesa iba a tomar por costumbre irrumpir en la cocina de ese modo?

Elisabeth levantó una mano para tranquilizarla.

—Estoy buscando a Grace. Necesito hablar con ella —dijo.

Grace, que estaba junto a la cocinera, dio un paso al frente. Elisabeth se envolvió las manos, nerviosa.

—¿Tomarías conmigo una taza de té? —le preguntó a su amiga, quien, tras dudar un instante, se dispuso a preparar dos tazas de la amarga infusión.

Las dos jóvenes se sentaron en la gran mesa de madera donde habían compartido tantas comidas y confidencias.

—¿Cómo estás? —preguntó Elisabeth.

—Bien, milady —respondió Grace, dudando al usar el tratamiento.

—¿Y Johnny? —insistió Elisabeth.

—También bien —repitió Grace, antes de que el color asomara a sus mejillas—. Vamos a casarnos. Con el dinero que lord Downey le pidió al señor Wilson que nos entregara en tu nombre. Perdón, en su nombre, milady.

Elisabeth sonrió y posó una mano sobre la de su amiga.

—Grace, voy a necesitar una primera doncella aquí. La señora Smith ya está mayor y prefiere quedarse en nuestra casa de Londres y, si tu aceptaras ser mi ayudante en Greyswood, para mí sería un gran honor.

Grace la miró estupefacta.

—¿Y podría vivir siempre aquí?

Elisabeth asintió.

—Siempre que así lo quieras. Solo te pondré una condición —le dijo a su nueva doncella—. Que me perdones por no haberte dicho la verdad.

Grace volteó su mano para apretar la de Elisabeth y las dos amigas se sonrieron.

Elisabeth golpeó la puerta del dormitorio del conde antes de abrirla, como había hecho tantas veces antes. Y, al igual que muchas de ellas, encontró la estancia medio en penumbra, iluminada tan solo por el fuego de la chimenea. Sus ojos tardaron unos segundos en adaptarse a la oscuridad y poder recorrer aquella habitación que conocía tan bien. Los muebles parecían haber vuelto a su lugar; todos menos el caballo de cerámica que tan peligroso le había parecido un día. Elisabeth sonrió. Robert debía de haber creído que no le gustaba.

En ese momento, el fuego crepitó, haciéndola volver la vista hacia él, y pudo distinguir la figura de su esposo sentado en su butaca.

Se acerco sigilosa hasta él. Robert parecía dormido. Tenía el cabello revuelto y la camisa a medio abrir, con las llamas de la chimenea provocando mágicos reflejos sobre su pecho. Estaba tan hermoso que Elisabeth sintió ganas de llorar. Y ahora era suyo...

Alargó su mano y acarició su rostro, en el lugar donde antes había estado el vendaje. Después, no pudo evitar hacer descender sus finos dedos hasta los labios de él, cuya forma rozó con suavidad. Cuando iba a retirar la mano, Robert la apresó con la suya y Elisabeth descubrió sus ojos verdes mirándola como si estuvieran ardiendo.

Robert tiró de ella suavemente, hasta hacerla sentar sobre su regazo y, tras observarla durante unos instantes que a ella se le hicieron eternos, la besó.

Elisabeth no supo en qué momento Robert alzó su cuerpo y la llevó a su cama, donde siguió adorándola sin piedad. Besó cada rincón de su cuerpo que iba desvistiendo y la acarició con delicadeza hasta que ella creyó que iba a estallar. Entonces, él se introdujo en ella mientras la seguía besando, y ella se aferró a él como si aquel gesto la pudiera salvar.

Capítulo 22

Una semana después de su llegada a Greyswood, los condes de Downey recibieron una invitación para tomar el té en casa de lady Violet.

—Vaya, yo tenía otros planes para esta tarde —dijo Robert, rodeando la mesa de su despacho para abrazar a su esposa por la espalda y cubrir de besos su cuello.

Elisabeth rio y se zafó de él.

—Me temo que ese ha sido su plan de todas las tardes, milord —respondió, con una sonrisa de satisfacción en el rostro—. Ya es hora de que dedique sus esfuerzos a algo más productivo.

—¿Más productivo? —preguntó él, volviendo a avanzar hacia ella, arrancándole una carcajada.

—Por favor, milord...

—Elisabeth. Como no me llames Robert, voy a atraparte y hacerte pagar por ello —dijo, muy serio.

Ella se le acercó y le besó mientras le arreglaba la corbata.

—Robert, el señor Beagle está fuera desde hace un buen rato para ir a ver a los arrendatarios. No debes hacerle esperar más.

Robert la abrazó y la besó de nuevo.

—Ven con nosotros —le pidió una última vez.

—Ya te he dicho que hoy no puedo; prometí revisar algo con la señora Arnold. Pero mañana iremos juntos a ver cómo ha quedado nuestra rueda.

Robert se resistió otro poco, pero finalmente se separó de ella.

—Esta noche —la amenazó desde la puerta, haciendo que otra inmensa sonrisa se dibujara en los labios de Elisabeth.

La joven se acercó a la ventana para ver partir a su esposo mientras se aseguraba de tener el vestido bien colocado. El administrador se apercibió de su presencia y le dirigió un saludo desde la lejanía. También Robert inclinó la cabeza hacia ella, sujetando el ala de su sombrero, con una formalidad que la hizo reír de nuevo.

Cuando volvió a girarse hacia la mesa de despacho del duque, Elisabeth tenía todavía la felicidad reflejada en el rostro.

Entonces, algo llamó su atención. Se trataba de su acta de matrimonio; el contrato que la unía al hombre del que estaba enamorada para siempre. La curiosidad hizo que lo leyera y algo en él captó su atención.

De vuelta de visitar a la tía Violet, Robert le pidió al cochero que se detuviera cerca del río. Allí, ayudó a Elisabeth a sentarse en la hierba y se entretuvieron lanzando piedras al agua.

—Creo que le gustas a la tía Violet —dijo en algún momento Robert.

—También ella me gusta a mí.

—A veces me da la impresión de que no está tan loca como parece.

Elisabeth miró pensativa al río mientras Robert la observaba a ella.

—Ha vuelto a decir que se te notaba en la mirada

que me amabas —dijo él—. Y no creas que no me di cuenta la primera vez.

Elisabeth sonrió y Robert tiró de ella.

—No sé si te he dicho que hay una casita, camino del pueblo, donde podríamos encontrarnos —bromeó mientras la besaba.

—Si me dices dónde está esa casa, ten por seguro que la quemaré —amenazó ella, provocando una carcajada en él.

—No hace falta, mi querida Elisabeth. No me hace falta nadie más que tú, créeme.

Volvió a besarla con más intensidad y terminaron haciendo el amor junto al río.

Antes de retomar la vuelta al castillo, Elisabeth dijo:

—Robert, he visto el contrato de nuestro matrimonio. Estaba sobre la mesa del despacho.

—¿Y? —preguntó él, mientras le limpiaba unas hierbas que tenía en el cabello—. ¿Te parece que tu hermano me ha pagado poco por librarse de ti?

Ella le apartó la mano, simulando estar enfadada.

—No digas bobadas. Tendrías que haberle pagado tú por tenerme.

Robert la besó.

—Eso le dije yo cuando le pedí tu mano.

Lo dijo en un tono muy serio, y Elisabeth le miró sorprendida.

—No es cierto —protestó.

—Pregúntaselo a mi madre; casi le dio un ataque al oírme hablar aquel día.

Robert la miró con sus ojos verdes llenos de sentimiento y Elisabeth recordó lo que había estado a punto de preguntar.

—No firmaste el acta de matrimonio con tu título, solo con tu nombre —dijo.

Él la miró muy seriamente, y respondió:

—Lo querías todo, ¿no?

Robert pudo ver cómo la comprensión de lo que implicaban sus palabras iba calando en su esposa, y tragó saliva antes de atreverse a decir:

—Te amo, Elisabeth. Empecé a amarte en este mismo lugar la primera vez que intenté seducirte, y creo que no tengo otro remedio más que seguir haciéndolo por el resto de mi vida.

—Oh, Robert...

Elisabeth se abalanzó sobre él con los ojos llenos de lágrimas, haciéndole caer hacia atrás.

—¿Estás bien? —preguntó, preocupada, tomando el rostro de su esposo entre sus manos.

—Mejor que bien —rio Robert, apretándola de nuevo contra él.

Agradecimientos

En primer lugar, quiero agradecer al jurado del XI Premio Internacional HQÑ la confianza que han depositado en esta historia, y al equipo de Harlequin HarperCollins la oportunidad que me habéis brindado de publicar con vosotros. Ver mi primera novela romántica en manos de la principal editorial de este género del mundo es para mí un sueño cumplido.

Quiero dar las gracias también, de todo corazón, a todos los amigos que a lo largo de estos años me habéis acompañado en esta aventura literaria preguntándome sin descanso, y con todo el cariño del mundo, por cómo iban mis libros. Me dais el impulso para seguir haciendo algo que de verdad me entusiasma. Espero que esta nueva historia os guste.

Gracias a mi familia: por vuestro apoyo, vuestros ánimos y por vivir con tanta ilusión como yo todo esto. A vuestro lado todo resulta mejor. ¡Os quiero!

Y, finalmente, un agradecimiento muy especial para mi madre, que me descubrió el maravilloso mundo de los libros y que tanto confiaba en mí como escritora. Va por ti, mamá.

Sigue a la autora en:

Instagram: @maiaclarkescritora
Facebook: @maiaclarkescritora
Twitter: @mclarkescritora

ÚLTIMOS TÍTULOS PUBLICADOS EN HQN

Solo cinco citas de Arwen Grey

Sin compasión de Gena Showalter

Si pudiera ser para siempre de Rebeka Lo

Camino hacia el amor de Lori Foster

La suerte de Carmen de María Cañal

Las hermanas Lemon de Jill Shalvis

Canciones que te oí cantar en Helsinki de Katherine Vega

Tierra de secretos de Diana Palmer

El caballero escocés de Miranda Bouzo

Estrellas al amanecer de Susan Mallery

El lugar donde todo empezó de Andrea López

Amanecer en la bahía de Robyn Carr

7 citas de Sylvia Marx

La casa del río de Hannah Richell

El beso de Thor de Cristina Vatra

Una biblioteca junto al mar de Brenda Novak

Piérdete conmigo de Anna Garcia

Un pretendiente para una reina de Julia London